한반도의 단카短歌 잡지
『진인眞人』의 조선 문학 조감

한반도의 단카短歌 잡지

『진인眞人』의 조선 문학 조감

엄인경·신정아 편역

역락

『진인眞人』은 경성에서 창립된 단카短歌 결사인 진인사眞人社가 1923년 7월부터 전후戰後를 거쳐 1962년까지 간행한 단카 잡지이다. 이 잡지는 가인歌人 호소이 교타이細井魚袋가 1920년대 초반 경성으로 오게 되었을 때, 실업가이자 가인인 이치야마 모리오市山盛雄와 의기투합하여 간행한 것으로, 1930년대부터는 편집과 발행이 점차 도쿄로 옮겨졌으며 조선과 '내지' 일본 양쪽을 활동무대로 한 문학 잡지라 할 수 있다.

한반도의 단카를 대표한다는 사명감을 가지고 출발한 잡지『진인』에는 조선의 문학에 관한 기획 기사가 일찍부터 수록되었으며, 1920년대 중반부터 1930년대 중반까지는 조선의 문학이 개념화되고 민요부터 시작하여 수집 작업, 일본에 소개하기 위한 번역 및 연구 작업이 진행된 때이다. 조선인 문인들의 작업이나 그들의 문학 자의식에 관한 연구는 한국문학계에서 일찍이 진행되어 왔다. 그러나 일제강점기에 재조일본인들, 특히 단카를 위주로 하는 가인들이 조선 문학을 어떻게 조감하고 인식했는지에 관해서는 논해진 바가 거의 없다.

이 책은 잡지 『진인』으로부터 조선의 문학과 노래, 문단 등에 관련된 그 기획 기사들을 선별하여 엮고 번역한 것이다. 「제가들의 지방 가단에 대한 고찰」부터 「조선 가요의 전개」의 9편 연재까지는 엄인경이, 「조선 여행을 마치며」부터 마지막 1937년의 「조선의 노래」까지는 신정아가 번역하였고 서로 교차 교정을 하고 논의하며 협업하였다. 1930년대 조선어를 표기하는 방식이 현대와 다르고 재조일본인의 지식적 오해나 오식誤植도 있어 번역에 어려운 면이 있었지만, 한국(조선)의 문학이 학문적으로 정립하는 데에 상당한 영향을 준 재조일본인 가인들의 시선을 좇는 작업은 좋은 공부 과정이었다.

『한반도의 단카短歌 잡지 『진인眞人』의 조선 문학 조감』이, 이 시기 일본의 전통 시가인 단카에 종사한 재조일본인 가인들이 조선의 문학에 어떠한 측면에서 관심을 가지고 파악하려 했는지 가장 생생히 보여주는 당시의 자료가 될 것이라 믿는다. 부디 이 편역서가 이 분야에 관심을 가진 독자들께, 그리고 일제강점기의 한국문학을 연구하는 연구자들께 작게나마 도움이 된다면 더 바랄 나위가 없겠다. 끝으로 책 출간을 흔쾌히 허락해 주신 역락 이대현 사장님과 다양한 글들의 스타일로 편집에 고심하신 권분옥 편집장님께 깊은 감사의 말씀을 드린다.

2016년 3월 안암동 연구실에서
엄인경

차례

일러두기

1. 「조선지방색어해주朝鮮地方色語解註」 외의 모든 기사 번역 저본底本은 1923년 7월 경 성에서 창간된 단카短歌 전문잡지 『진인眞人』의 현존본을 사용하였다. 「조선지방색 어해주」만은 1935년 1월 진인사眞人社 창립 12주년 기념출판물로 간행된 단행본 『조선풍토가집朝鮮風土歌集』의 부록을 저본으로 하였다.

2. 각 글의 출처는 글 말미에 기재하였다.

3. 모든 주는 역자에 의하며 본문 안에도 간혹 역자에 의한 보충이 있는 경우 괄호 안 에 역자에 의한 것임을 표기하였다.

4. 일본 인명과 지명 등 고유명사 표기는 교육부 고시에 따른 외래어 표기법에 따른다.

5. 「조선지방색어해주」에는 조선어의 일본어 표기가 현재의 표기나 발음과 다른 경우 가 많으나, 당시의 표기 습관을 나타내는 자료이기도 하므로 원문대로 기재하였다.

6. 본문에 인용된 일본, 중국, 한국 고문古文의 오탈자 및 누락된 문구는 수정하였다.

7. 일본 정형시 단카短歌의 경우는 그 음수율 5·7·5·7·7조에 맞추어 해석하였다.

제가들의 지방 가단歌壇에 대한 고찰

●이치야마 모리오市山盛雄 편●

제가들의 지방 가단歌壇에 대한 고찰

이쿠타 조카이生田蝶介

지방 가단歌壇(단카短歌의 문단, 역자)에 관한 것은 그리 많이 알지는 못하므로 무언가를 말할 자격이 없을지 모르겠습니다만, 개략적으로 변토辺土로 갈수록 진실로 오로지 단카에만 집중하는 사람들이 많은 것 같습니다. 도회적 색조를 띨수록 특히 작은 도회지라 일컬어지는 곳은 단카 그 자체에 혼이 담기지 않고, 무언가 외부적인 것에 번잡스러워지기 쉬운 가인歌人(단카 창작자, 역자)들이 많은 듯 여겨집니다. 자연의 품에 내가 있고 내 품에 자연이 있는 경지가 되기 위해 가단歌壇을 너무 의식해서는 안 될 것 같습니다.

●이쿠타 조카이(生田蝶介, 1889~1976년). 가인(歌人), 소설가. 야마구치 현(山口縣) 출신, 와세다(早稻田)대학 중퇴. 출판사 사원으로 근무하며 가집과 단카 잡지 창간. 소설도 발표.

우에다 히데오上田英夫

특별히 생각하는 내용이 있는 것은 아닙니다만, 그저 지방 가단 사람들에게 고가古歌, 고문학古文學 연구를 더 권하고 싶습니다. 지방에 있으면 연구에는 불편이 많겠지만 일반적인 것들은 어디에 있든

●우에다 히데오(上田英夫, 1894~1978년). 가인, 일본문학자. 효고 현(兵庫縣) 출신, 도쿄제국대학 졸업. 『미즈가메(水甕)』동인. 1949년 구마모토(熊本)대학의 교수가 됨.

가능합니다. 고가, 고문학을 충분히 맛보아 두는 것은 새로운 생활의 노래를 만드는 데에 있어서도 크게 도움이 될 것이라 생각합니다. 이로써 답안이 되었는지 아닌지는 모르겠으나 실례하겠습니다.

나가타 다쓰오永田龍雄

●나가타 다쓰오(永田龍雄, 1890~1965년). 무용평론가, 가인. 도쿄 출신, 도쿄외국어학교 영문과 졸업. 1921년 제국극장 근무. 서양무용, 일본무용, 일본음악에 관한 집필활동 및 무용계 지도적 역할.

지방 가단이 중앙 가단에 이끌리는 듯한 경향이 있어서는 곤란하다. 단카나 하이쿠俳句와 같은 예술은 특히 지방적으로 특색 있는 색채를 띠어야 한다, 향토적으로 깊이 있는 작가가 더 많이 대두해 주어야 한다. 영국을 예로 들어도 아일랜드 문학의 융성 같은 것이 그러하다. 향토적 셀틱(celtic) 문명을 명백히 한 점은 위대할 것이다. 그것은 시인의 힘이다. 각 향토, 향토마다 깊이 묻힌 좋은 무언가가 있다. 그것을 소개하고 연구할 필요가 있을 것이다. 가인이 단순히 얄팍한 월간 팜플렛을 마련하는 정도여서는 안 된다. 가인은 더욱 생장해야 한다. 조선과 같은 곳에는 특히 깊고 위대한 향토가가 있어야 할 것이다.

가토 마스오加藤增夫

●가토 마스오(加藤增夫, 1895~?년). 가인, 민속연구가. 그릇이나 완구에 관한 관련 서적이 보임.

나는 중앙이라든가 지방이라는 식의 차별적 관점에서 보고 가인을 중시하거나 경시하는 일은 잘못이라 생각한다. 그렇기 때문에 중앙 가단이라든가 지방 가단이라고 하는 식으로 단카라는 예술의 입장에서는 차별할 수 없다고 본다. 어찌 되었든 지리적으로 그렇게 부르는 것이라도 상관없다.

이른바 지방 가단 사람들은 중앙 가단에 대해 자칫 불평을 토로하기 쉽지만, 불평을 말하는 그 자체가 잘못된 것이라 생각한다. 남이 훌륭해지거나 한 경우에 그것을 신경 쓴다고 해서 자기가 높아지는 것도 아니며 깊이 있어지는 것도 아니다. 불평을 토로하기보다는 한층 더 정진하는 편이 좋다. 정진하면 중앙 가단에 불평을 발산할 필요가 없어진다.

유명해진다든가 인정을 받는다든가 하는 일은 인위적으로 이루어져서는 안 된다. 평생 인정받지 못하더라도 자신이 믿는 가도歌道를 오로지 걸어간다면 예술의 대對 세상적인 불평은 일어날 리 없다. 이름을 팔려는 사심보다 그러한 예술이 인격이며, 예술이 인생이라면 평생의 발걸음에 힘을 쏟으면 된다.

현대의 가인들이 종종 시기상조로 유명해지거나 하지만, 료칸良寬1)이든 모토요시元義2)든, 사네토모實朝3)든 아케미曙覽4)든, 고토미치言道5)든 비교적 최근이라고 해도 좋을 정도로 요즘 가단에 인정

---

1) 료칸(良寬, 1758~1831년). 에도(江戸) 후기의 가인(歌人)이자 선승(禪僧).
2) 히라가 모토요시(平賀元義, 1800~1866년)를 말함. 에도 막부 말기의 국학자, 가인, 서예가.
3) 미나모토노 사네토모(源實朝, 1192~1219년). 가마쿠라(鎌倉) 막부 3대 장군. 이채로운 가인.
4) 다치바나노 아케미(橘曙覽, 1812~1868년). 근대의 와카사관(和歌史觀)에도 영향을 준 막부 말기 가인.
5) 오쿠마 고토미치(大隈言道, 1798~1868년). 에도 말기의 가인. 고전 모방을 배격한 새로운 단카 주창.

을 받은 것이다. 유명해지기 전에 정진해 두지 않으면 나중에 미혹될 것이다.

나는 중앙은 중앙으로 지방은 또한 지방으로 서로 결사적, 세력적으로 경쟁하는 듯한 가단의 경향을 불쾌하게 생각한다.

예술인 단카를 그런 깨끗하지 못한 가단의 발표품으로 삼고 싶지 않다. 예술인 단카는 인격의 표현이라고 한다. 만약 그렇다면 서로 그 예술을 사랑하고 가단을 향상시켜야 한다. 발표적 선전만이 단카의 사명은 아니다. 인간이 깨끗하게 살아갈 정진도精進道와 가도는 동일한 한 줄기 길이 아닐까?

요사노 간與謝野寛

● 요사노 간(與謝野寛, 1873~19 35년). 요사노 뎃칸(與謝野鐵幹)이라고도 함. 가인, 시인. 교토(京都) 출신. 1894년 가론인 「망국의 소리(亡國の音)」를 발표하여 와카(和歌)의 혁신을 주창. 『묘조(明星)』를 창간, 주재하고 아내 요사노 아키코(与謝野晶子)와 낭만주의 문학운동 추진.

● 나미키 아키히토(竝木秋人, 1893 ~1956년). 가인. 가집이 있으나 기타 구체적 인적 사항은 미상.

유감이지만 지방이든 도쿄든 가단에 관해서는 일체 아는 바가 없습니다. 연구에 짬이 나지 않기 때문입니다.

나미키 아키히토竝樹秋人

지방 가단이라든가 중앙 가단이라든가 하는 이른바 가단 의식을 갖지 않는 내 입장에서 이 문제에 대해 특별히 흥미는 없다. 굳이 말하자면 중심이 되는 사람의 지도적 실력 여하에 의해 결정될 것이며, 또한 진정한 동인들 간의 결속에 의해 상당한 공과를 거둘 수 있을 것이다. 현재의 가단처럼 중앙에 위치하는 자가 가단을 점거하는 것도, 여러 가지 의미에서 바람직하지 않다. 따라서 중앙 가단(이 말도 바람직하지 않다)과 궤를 같이 하는 발걸음을 지속하지 말고 지방적 색채가 분명한 잡지가 더 있어도 좋을 것이다. 그러한 의미에서『진인眞人』이 조선 반도에 존재하는 것을 기쁘게 생각한다.

이와야 바쿠아이岩谷莫哀

향토적 색채를 무시할 경우 지방 가단은 전혀 무의미해집니다. 지방 가단의 존재 조건은 향토적 색채에 있다고 봅니다. 대저 지방 가단이라는 둥 중앙 가단이라는 둥 구분할 필요가 없습니다.『진인』의 가단에 내지인들이 많아질수록『진인』의 지방 가단으로서의 색채가 옅어지게 되는 셈입니다. 그렇지 않을까요?

● 이와야 바쿠아이(岩谷莫哀, 1888~1927년). 가인. 가고시마 현(鹿兒島縣) 출신. 도쿄제국대학 졸업. 단카 잡지『샤젠소(車前草)』, 『미즈가메』 등의 창간과 편집에 관련함. 가집에『봄의 반역(春の反逆)』,『앙망(仰望)』 등.

미쓰이 고시三井甲之

지방 가단이라고 하기보다는 우선 지방 자치의 범위를 넓히고 그 권력도 중앙과 병립시키게끔 하여 각 지방마다 특색 있는 문화를 전개해 볼 것을 생각합니다. 그때 비로소 지방 가단도 특색이 있게 될 것입니다. 이러한 견지에서 보면 조선과 같은 곳은 분명 이 지방 문화 전개의 지리적 조건이 완비되어 있다고

● 미쓰이 고시(三井甲之, 1883~1953년). 가인. 야마나시 현(山梨縣) 출신. 도쿄제국대학 졸업. 기시네 단카회(根岸短歌會)에 들어가 후에 이토 사치오(伊藤左千夫)와 대립, 학계에 사상공격을 전개한 국가주의자.

생각합니다. 진인사眞人社 동인 제씨들의 활약을 간절히 기대합니다.

오카노 나오시치로岡野直七郎

●오카노 나오시치로(岡野直七郎, 1896~1986년). 가인. 오카야마 현(岡山縣) 출신. 도쿄제국대학 졸업. 『미즈가메』에 참가, 1926년부터 『창궁(蒼穹)』을 주재. 메이지 신궁(明治神宮) 헌납 단카회의 선자 역임.

지방 가단이 해가 갈수록 번성해지는 것은 기쁜 일입니다. 그러나 중앙의 잡지에 단카를 많이 보내도 잡지에 별로 게재해 주지 않으므로 스스로 잡지를 내야겠다는 식으로 잡지를 간행하거나, 또는 누구 눈으로 보더라도 미숙하다고밖에 볼 수 없는 단카를 일찍부터 가집歌集으로 만들어 등사 인쇄 같은 것을 해서 내놓는 것에는 그리 감탄할 수가 없습니다. 너무 일찍 세상에 인정받으려고 조바심내다가는 결국 아무것도 얻지 못하고 끝날 것이라고 생각합니다. 하지만 지방에 사는 사람이라도 중앙의 가인보다 훨씬 뛰어난 사람도 있으므로, 그런 사람을 중심으로 하여 진지하게 노래를 연찬硏鑽하는 것은 말할 나위도 없이 좋은 일입니다.

야지마 간이치矢嶋歡一

●야지마 간이치(矢嶋歡一, 1898~1970년). 시즈오카 현(靜岡縣) 출신. 1920년대부터 여러 단카 잡지에 참여하고 마에다 유구레(前田夕暮)에게 사사함. 1925년 『현대작가사전(現代作歌辭典)』 편찬.

크게 나누어 말해 중앙 가단과 지방 가단이라고 비교해 보면, 단카 모임 등은 지방 쪽이 더 활발합니다. 그에 비해 잡지나 작품 상에 빈번한 활동이 보이지 않고 여전히 중앙 가단에 종속되어 있는 형태인 것은 그 지방, 지방마다 분명하게 통일이 이루어지지 않은 것이 원인이라 생각합니다. 어떠한 의미에 있어서도 좋으니 이 통일이라는 것에 마음을 다하고, 개인적 감정을 버리며 그 지방 가단을 지키고 세우려고 해야 한다고 생각합니다.

스기우라 스이코杉浦翠子

지방 가단, 도회 가단 등으로 구별하는 것은 이상하다고 생각합니다. 지방 가단이란 곧 지방에서 발행하는 단카 잡지에 의해 고찰되는 것으로, 그렇다면 결사 잡지라고 해야 할 것인데 아무래도 혼자 잘난 체 한다는 느낌이 듭니다. 『아라라기ㄱㅋㅋ』[6]도 동인 잡지의 좋은 모범입니다. 동인 조직이라는 생각이 깊어지면 개인적이 됩니다. 개인적으로 변하면 나도 모르게 이웃을 사랑하는 것도, 아는 것도 불가능해집니다. 애증의 마음을 노골적으로 드러내 우는 사람을 만듭니다. 『일광日光』[7]이 이러한 당파적 근성을 타파할 정신으로 일어난 것입니다만, 아직 좀처럼 이상대로 진행되지 않는 모양입니다. 가단이 이러한 개인 근성을 버리고 하나의 잡지 상에서 가단 전체의 풍조를

● 스기우라 스이코(杉浦翠子, 1885 ~1960년). 가인. 사이타마 현(埼玉縣) 출신. 여자미술학교 졸업. 옛 성은 이와사키(岩崎)이고 스기우라 히스이(杉浦非水)와 결혼. 기타하라 하쿠슈(北原白秋), 사이토 모키치(齋藤茂吉)에게 사사하고 1933년 『단카지상주의(短歌至上主義)』를 창간하고 주재.

---

6) 1908년 창간된 단카 잡지. 이토 사치오(伊藤左千夫)를 중심으로 한 기시네(根岸) 단카회 기관지.
7) 1924년 창간된 단카 잡지. 폐쇄적 아라라기 파에 반대하여 가단에 신풍을 일으키나 1927년 종간.

알게 된다면, 지방 가단이라는 말은 없어질 것입니다. 그러나 같은 동인잡지라도 『아라라기』 등은 자신들이 가장 훌륭하다고 말하는 바가 장점이기는 합니다만, 지방의 동인잡지를 보면 공연히 선배에 대해 아부를 심하게 합니다. 지방 사람들은 인간성이 좋은 만큼 '유명'함에 머리를 너무 숙입니다. '시골을 한바퀴 순회를 하면 타락한다'는 말이 있습니다만, 이 점은 지방 사람들이 잘 생각했으면 하는 바입니다. 실례하겠습니다.

가나자와 다네토미金澤種美

● 가나자와 다네토미(金澤種美, 1889~1961년). 가인, 신문기자. 오사카 부(大阪府) 출신. 도요(東洋)대학 졸업. 오노에 사이슈(尾上柴舟)에게 사사하고 『미즈가메』 동인이 되며 후에 『황종(黃鐘)』을 주재.

지방 가단이라는 말은 도쿄 이외의 땅에서 발행되는 잡지, 그것을 중심으로 하는 가단이라는 의미로 사용되고 있는 것 같습니다만, 나는 그런 지방이라든가 중앙이라든가 하는 경계선은 철회했으면 합니다. 거기에서 드러나는 소위 '중앙 가인'이 이른바 '지방 가인'을 멸시하거나, 지방 가인이 중앙 가인을 질시하고 선망하여 스스로 비굴함에 빠지는 태도를 같이 고쳐나갔으면 합니다. 이것은 우선 소위 지방 잡지를 편집하시는 분들에게 특별히 부탁하는 점인데, 당당히 중앙 잡지로서 부끄럽지 않은 권위와 자신감을 가지고 편집하는 수밖에 달리 더 좋은 방법은 없을 것이라 생각합니다.

18

니시무라 요키치西村陽吉

　　모든 일들이 중앙집권적으로 되는 것은 어쩔 수 없는 일이지만, 지방 가단(이상한 말이지만)도 각 지방마다 나오는 가단의 잡지는 헛되이 중앙 가인의 이름을 나열하는 것에 급급하지 말고, 그 지방의 뛰어나고 열심인 사람들의 연구 발표 기관으로 만드는 것이 필요하다. 만약 지방 가단에 약점이 있다고 한다면 그것은 중앙처럼 전문적인 가인이 없는 점이겠지만, 아마추어라 꼭 불가능할 이유는 전혀 없다. 작품이든 연구 평론이든 전문가의 설에 아첨하지 않는 독자적인 바를 발표할 것을 나로서는 기대하는 것이다.

● 니시무라 요키치(西村陽吉, 1892~1959년). 생활파 가인. 도쿄 출신. 본명은 에하라 다쓰고로(江原辰五郎). 서점의 양자가 되어 이시카와 다쿠보쿠(石川啄木)나 사이토 모키치(齋藤茂吉)의 시가집 출판.

히비노 미치오日比野道男

　지방 가단에 대한 나의 희망으로서는

　(1) 각 작가가 작품 상에 그 지방 특유의 색조를 드러낼 것

　(2) 고전 등에 드러나 있는 그 지방의 지리 기타에 관한 연구에도 힘을 쏟을 것

등입니다. 특히 (1)을 희망하는데, 이를 추진해 가다 보면 종래의 영문학에 대해 아일랜드 문학이 태어난 정도까지 이루지 못할 것도 없으리라고 생각합니다.

● 히비노 미치오(日比野道男, ?). 생몰년 등 인물 정보는 미상이나 가집이 있고 1931년『만요 지리 연구(万葉地理研究 紀伊篇)』라는 책을 남기고 있어 가인이자, 와카 연구자로 활동한 것으로 보임.

구보타 우쓰보窪田空穗

● 구보타 우쓰보(窪田空穗, 1877~1967). 가인, 일본문학자. 나가노 현(長野縣) 출신. 도쿄전문학교(지금의 와세다대학) 졸업. 1914년 『국민문학(國民文學)』을 창간. 1926~1948년 동안 와세다대학 교수.

지방 가단이라는 말이 이미 꺼림칙하게 여겨집니다. 단카는 원래 지방적인 것입니다. 아니 작자 자신의 것입니다. 지방도 중앙도 없습니다. 그러나 창작욕을 강화하기 위해서 말하지만, 자연히 다수의 사람들이 있는 중앙 가단을 그냥 자극으로서 주의를 기울이는 것은 좋은 일이라 생각합니다. 단순한 자극이므로 그 이상의 의미는 없다고 생각합니다. 또한 자극이라는 면에서 보자면 중앙 가단에 한정할 필요도 없습니다. 비교적 비근한 자극에 불과할 것입니다. 실제로 단카를 짓는 입장에서 말하자면 가단 그 자체가 대단한 것은 아닙니다. 그런데 지금은 가단을 지나치게 중시해서 얻는 점, 잃는 점 중 어느 쪽이 많은지 의심스럽습니다.

요시우에 쇼료吉植庄亮

● 요시우에 쇼료(吉植庄亮, 1884~1958). 가인, 정치가. 호는 아이켄(愛劍). 도쿄제국대학 졸업. 1922년 단카 잡지 『간란(橄欖)』을 창간. 정우회(政友會) 회원으로 1936년 중의원의원에 당선.

지방 가단도 유력한 잡지가 나오는 곳은 그로 인해 탄탄한 가인이 많이 생기는 것 같습니다. 그러나 아무래도 지방의 단카 잡지는 도쿄 어느 잡지의 출장소처럼 되기 쉬워서 그 결과 그 지방의 온갖 유력 가인을 망라하지 못하게 됩니다. 잡지를 하는 사람들은 이 점에 주의하는 것이 중요합니다. 또한 실력이 전혀 없는데 잡지를 내고 존재를 인정하게끔 하려는 사람이 지방에 꽤 있는 듯합니다만,

이것은 정말 곤혹스러운 일입니다.

다쓰미 도시후미辰巳利文

지방이라든가 중앙이라든가 그런 시시한 구별을 할 필요를 조금도 못 느낀다. 나에게는 그런 것을 생각하는 것이 시골뜨기 취급을 받는 하나의 원인이 되는 것이라 여겨진다. 뛰어난 노래를 읊을 수만 있다면 그것으로 일본적이므로. 하지만 시골에서 어설픈 자들이 모여 자만에 빠져 있는 경우에는 도쿄 근처의 무리들에게서 바보취급을 당하는 것이다. 시골뜨기란 그런 것이라 해도 좋을 것이다.

소마 교후相馬御風

지방 가단이라든가 중앙 가단이라는 말투가 나는 너무 싫습니다. 그런 분위기에서 훌쩍 벗어나 잠자코 혼자 단카를 읊는 사람을 저는 존경합니다.

요다 슈호依田秋圃

소생은 중앙 가단과 지방 가단 둘 사이에 특별히 차이가 있다는 생각을 갖고 있지 않습니다.

힘 있고 순수한 지도자를 가질 경우, 지방 쪽이

● 다쓰미 도시후미(辰巳利文, 1898~1983년). 가인. 나라 현(奈良縣) 출신. 나라 현립 사범학교(지금의 나라 교육대학) 졸업. 야마토 가인협회(大和歌人協會) 회장. 『만요슈』 연구를 전문으로 하며 나라 문화학회의 『나라 문화(奈良文化)』를 간행함. 또한 그 고적의 임지 조사와 지도를 하고 저서를 남김.

● 소마 교후(相馬御風, 1883~1950년). 시인, 문예평론가. 니가타 현(新潟縣) 출신. 본명은 마사하루(昌治). 와세다 대학 졸업. 『와세다 문학(早稻田文學)』의 편집에 종사하며 자연주의 평론을 집필하고 한편으로 구어자유시 운동을 추진. 와세다 대학의 교가를 작사.

● 요다 슈호(依田秋圃, 1885~1943년). 가인. 도쿄제국대학 졸업. 임무관(林務官)이 되어 나고야, 도쿄에서 근무. 이토 사치오(伊藤左千夫)에게 사사하여 『아시비(馬醉木)』, 『아라라기(アララギ)』 등에 단카 발표. 1921년에는 『가집 일본(歌集日本)』을 창간하고 3년 정도 유지. 많은 가집과 수필문집 발표.

단카 집단으로서는 기분 좋은 것이라 생각합니다.

이시하라 준石原純

● 이시하라 준(石原純, 1881~19 47년). 가인, 물리학자. 도쿄 출신, 도쿄 제국대학 졸업. 1914년 도호쿠(東北) 제국대학 교수. 상대성이론, 양자론 연구에 두각을 드러냈으나 연애문제로 사직하고 과학 잡지를 책임편집. 가인으로서는 신(新)단카운동을 추진

어떤 지방에서든 순수한 감정으로 단카라도 짓고자 하는 사람이 한 사람이라도 많아지는 것은 좋은 일입니다. 시의 천재적 재능이 그리 꼭 많지 않을 수도 있지만, 단카를 지어 서로 교제하는 것만큼 기분 좋은 일도 없을 것입니다. 조용히 스스로 노래를 읊조리고 있노라면 그것으로 충분할 것입니다. 지금의 중앙 가단처럼 너무 협소해져서는 안 됩니다.

마쓰다 쓰네노리松田常憲

● 마쓰다 쓰네노리(松田常憲, 18 95~1958년). 가인. 후쿠오카 현(福岡縣) 출신. 고쿠가쿠인(國學院) 대학 졸업. 기후 현(岐阜縣) 각지의 중학, 여고 등에서 교편 생활. 『미즈가메』를 주재하기에 이름.

현재 가단은 각 결사에 따라 보루를 단단히 하고 서로 대치하는 병폐와 배타적 사상이 극에 달해 다수의 사우들을 모아 가단의 지위를 유지하려는 풍조를 낳았습니다. 이와 같은 현황에서 진정한 의미의 후진 지도는 불가능한 것입니다. 그 결과 지방 잡지의 창간이 빈번해졌습니다. 이것은 또한 독선자들 무리를 양성하는 것으로 끝날 염려가 있습니다. 하지만 엄격한 지도자를 가진 결사라야 비로소 서로 기대어 이해하는 비평 지도를 받고 진정한 단카를 읊는 도량이 되리라 생각합니다.

나이토 긴사쿠内藤銀策

한동안은 당신들(진인사 동인들, 역자)의 작품을 읽고만 있고 싶습니다. 생각하는 바는 있지만 나 자신이 아직 그것을 완수하지 못한 상태입니다. 그래서 말씀드리기 어렵습니다.

● 나이토 긴사쿠(內藤銀策, ?). 가인으로서의 저작이 있으나 인물에 관한 상세 정보는 알려지지 않음.

아사노 리쿄淺野梨鄕

지방 가단에 원래의 특종 장점이 없는 것은 무언가 부족한 느낌이다. 여러 지방에서 나오는 잡지이면서 대체로 같은 인물들의 작품을 모아 지방 가단입네 하는 것은 의미가 없다. 단카를 나열해서 똑같은 편집법을 흉내 내고 누군가 중앙 선배의 깃발 아래 꿈틀거리고 있다면 지방 가단도 아무것도 아니다. 지방적 특종의 연구, 고적古蹟의 개발, 고사古事, 고실古實의 소개와 겸하여 지방적인 냄새가 풍부한 노래를 갖는 것이 아니면 지방 가단은 성립할 수 없다. 현재로서는 이렇다 할 눈에 띄는 것이 하나도 없다. 발랄한 기운과 진심이 결여되어 있다.

● 아사노 리쿄(淺野梨鄕, 1889~1979년). 가인. 나고야名古屋 출신으로 도쿄외국어학교 졸업. 이토 사치오(伊藤左千夫)에게 사사하고 『아라라기(アララギ)』 창간에 참가. 1931년에는 『무도기(武都紀)』를 창간하고 주재함. 전후에는 일본교통공사의 주사(主事), 나고야시 관광과장 등을 역임.

구스다 도시로楠田敏郞

작년에는 여러 기회로 고베神戶, 교토京都, 이바라키 현茨城縣, 나가노 현長野縣, 도치기 현栃木縣으로

● 구스다 도시로(楠田敏郞, 1890~1951년). 가인. 교토 출신으로 교토 농림학교 졸업. 본명은 도시타로(敏太郞). 마에다 유구레(前田夕暮)에게 사사하고 1920년대 후반에 교토에서 『단카 월간(短歌月刊)』 발행.

여기저기 단카 모임에 초대되어 다녔고, 어쨌든 지방 가단 및 지방 가인들과 밀접한 교섭이 있었습니다만, 역시……라고밖에 할 수 없는 느낌이 들었습니다.

중앙 가단에 너무 가까워지면 시시해지지만, 그렇다고 공부도 하지 않으면서 중앙 가단을 경멸하는 것도 역시 잘못되었습니다. 『자연自然』이나 『진인』이 지방 가단에 있다는 것은 그런 점에서 좋은 일이라 생각합니다.

우쓰노 겐宇津野研

● 우쓰노 겐(宇津野研, 1877~1938년). 가인, 의사. 본래 이름은 기와무(研). 구보타 우쓰보(窪田空穂)에게 단카를 사사. 소아과 전문병원 우쓰보 병원의 원장.

지방 가단에 관한 문의에 대해서는 준비가 부족하여, 유감이지만 침묵을 지키겠습니다.

구마가이 다케오熊谷武雄

● 구마가이 다케오(熊谷武雄, 1883~1936년). 가인. 미야기 현(宮城縣) 출신으로 이곳에서 농림업에 종사. 마에다 유구레(前田夕暮)에게 사사하고 정형율 문어로 된 단카를 고수한 입장. 신촌생활을 노래함.

지방 가단은 최근 해마다 쇠퇴해가는 것을 느낍니다. 도호쿠東北[8] 변두리에도 생활난이 초래되고 있습니다. 붓보다 가래를 들어야 하는 어쩔 수 없는 생활에 놓여 있습니다. 앞으로 당분간 지방은 이런 추세로 추이될 것이라고 생각합니다.

---

8) 일본 동북부의 여섯 현을 포괄하는 넓은 지역을 묶는 말.

나카지마 아이로中島哀浪

즉 지방은 지방대로 깊은 산 속 나무처럼 자유로이 하늘을 날아야 합니다만, 아무래도 그렇게 되지 못하고 중앙의 어떤 몇몇 고명한 가인들에게 심취해 끌려가는 듯합니다. 이른바 안이한 동화同化라고 해야 할까요? 무자각적인 눈사태를 맞아 헛되이 중앙으로 밀려드는 듯합니다. 물론 중앙의 몇몇은 진지한 단카도道를 연구하는 사람들이고, 따라서 뛰어난 단카를 지어내고 있기 때문에 사사하고 연습을 하는 것은 실로 자연스럽고 좋은 현상이기는 합니다만, 대강 단카의 도를 알고 나면 자기에게 잠복되어 있는 무언가를 전념하여 파내는 것이 중요하다고 생각합니다. 즉 참마의 싹 같은 것이 발견되면 옆으로 눈길도 주지 않고 공부해야 하는 것입니다. 그리고 이것도 자연스러운 추세인 만큼 어쩔 수 없는 일일 수도 있으나, 지방 잡지를 보면 너무도 사사로운 정에 이끌려 비교적 시시한 작품을 많이 나열하고 있습니다. 고심의 과정이 부족한 것 같습니다. 좀 더 연구적인 태도였으면 합니다.

마쓰무라 에이이치松村英一

지방 가단이라고 해도 거기에 특별한 구별이 있는 것도 아니므로 특별히 말할 정도의 사항은 떠오르지 않습니다. 굳이 말하자면 지방 가인들은 그

●나카지마 아이로(中島哀浪, 1883~1966년). 가인. 사가 현(佐賀縣) 출신. 와세다 대학 중퇴. 1913년 『시가(詩歌)』의 동인이 됨. 1923년부터 『히노쿠니(ひのくに)』를 주재하며 인생과 생활을 평이하게 노래.

●마쓰무라 에이이치(松村英一, 1889~1981년). 가인. 도쿄 출신. 구보타 우쓰보에게 사사하고 『국민문학(國民文學)』을 이어서 주재함. 가론서(歌論書)와 평석서(評釋書) 등도 다수 저술.

지방의 특색을 발휘하여 좋은 단카를 읊었으면 합니다. 만약 지방 지방마다 『만요슈万葉集』9)의 「아즈마우타東歌」10)처럼 몹시도 특별하고 눈에 띄는 특색을 가질 수 있다면 얼마나 재미있을까 생각합니다. 그러나 서글프게도 오늘날까지 제 눈으로 본 바로는 그러한 특색은커녕 오히려 중앙 가단보다도 훨씬 낮고 비속한 곳에 떨어져서 안주하고 있는 상태는 몹시 골계스러운 느낌마저 줍니다.

이노우에 셋카井上雪下

● 이노우에 셋카(井上雪下, 1889 ~1957년). 가인. 오카야마 현(岡山縣) 출신. 신체시와 미문을 발표하여 『수재문단(秀才文壇)』에 입선. 1914년 『미즈가메』창간과 더불어 동인이 됨. 이 외에도 오카야마 현을 중심으로 한 수많은 단카 모임에 참가하여 지도하고 단카 관련 잡지에도 관여함.

본질적으로 볼 때 시가에 중앙적 시가와 지방적 시가의 구별이 있어야 할 것도 아니고, 따라서 중앙 가단과 지방 가단의 취급을 구별해야 할 것도 아니므로, 가단에 대한 대우는 예를 들어 '조선 지방 가단', '오카야마岡山 지방 가단', '도쿄 지방 가단'이라는 식으로 말해야 할 것입니다.

그러나 도쿄는 정치의 중추이고 문화 기관들이 여기에 모여 있으며 학자들 문인들은 생활상 자연히 이곳을 중심으로 하는 상태입니다. 시가인들 또한 대부분 도쿄에 모여 도쿄에서 이름을 날리

---

9) 나라(奈良)시대 8세기 중엽 성립된 일본 최고(最古)의 가집(歌集). 20권으로 이루어졌으며 오토모노 야카모치(大伴家持)가 마지막 정리를 한 것으로 알려짐. 단카, 조카(長歌) 등 여러 가체(歌体)의 노래가 약 4500여 수 실림. 일본 전역의 각 계층의 풍부한 인간성, 소박한 표현을 만요가나(万葉仮名)로 수록.

10) 고대 일본 동국(東國) 지방에서 만들어진 민요풍의 와카로 『만요슈』14권에 주로 수록되어 있음.

게 되었으므로, 지리적 관계 때문에 천하의 시가 애호자도 또한 도쿄의 잡지를 읽고 도쿄의 시가집을 읽습니다. 독서가들의 독서 능력에도 한정이 있으므로, 설령 지방에 우수한 가인이 있다고 해도 돌아볼 수 없는 실상입니다.

그 점에서 소위 지방 가인들은 불우하며 지방 가단은 비교적 진흥되지 않습니다. 하지만 지방 가단에는 중앙 가단보다도 우월한 점이 있습니다. 그것은 가단인 동지들의 충분한 이해와 감화, 친목이라는 점입니다. 거기에서 단카의 기교를 초월한 어떤 존귀한 것을 낳게 됩니다.

지방 가단을 진흥하는 데에는 지방 신문의 선전 등이 유력한 것이 됩니다. 이 점에서 시가를 잘 이해하고 또한 공정한 세력을 가진 지방 신문기자가 있다는 것은 그 지방 가단을 위해 몹시도 행운이라고 생각합니다.

다카시오 하이잔高鹽背山

지방 가단이라고 해도 나는 다른 지방의 가단에 관해서는 거의 아무것도 모른다고 할 정도입니다. 그래서 여기에서는 극히 좁은 도치기 현栃木縣의 가단에 관해 말씀드리고자 합니다.

● 다카시오 하이잔(高鹽背山, 1882~1956년). 가인, 신관(神官). 도치기 현(栃木縣) 출신. 오노에 사이슈(尾上柴舟)에게 지도를 받고 와카야마 보쿠스이(若山牧水)의 문하생으로서도 활약.

나는 항상 도치기 현의 가단만큼 잘난 사람들(좋지 않은 의미)이 많은 곳은 달리 본 적이 없습니다. 하나의 단카 잡지가 나오면 거기에 대항해서 한 때 서너 종류의 단카 잡지가 나오는 것을 보더라도 알수 있습니다. 그리고 그것들은 모두 같이 망했고 삼 년 이상 지속된 것은 하나도 없을 정도입니다. 이번에 『아즈마東』라는 것을 우리 손으로 내놓게 되어 도치기 현 가단도 겨우 통일(좋은 의미에서의)을 맞게 될 길에 오르게 되었나 생각했더니, 그것도 일시적이었으며 동인들의 무책임함과 사우들의 기개가 없는 점 등의 이유로 다시 망할 것 같습니다. 실로 한심한 일이라고 생각합니다만 지금으로서는 어찌 할 도리가 없습니다.

나는 작년 봄 쯤부터 『시모쓰케下野 신문』[11]의 가단 선자選者를 맡고 있습니다만, 여기에는 매월 약 이백 수 정도의 단카가 발표되고 있습니다. 여기에 투고하는 자들의 수는 약 이백 명 정도이고 거의 전부가 초보자들뿐입니다만, 모두 단카를 그 생활의 기조로 하고 있다는 점에서 다소의 희망을 걸고 있습니다.

와카야마 보쿠스이若山牧水

● 와카야마 보쿠스이(若山牧水, 1885~1928년). 가인. 미야자키 현(宮崎縣) 출신, 와세다 대학 졸업. 오노에 사이슈에게 사사함. 평명하고 유려한 가풍으로 여행과 술의 가인으로서 유명. 기행문, 수필도 많으며 잡지 『창작創作』을 주재함. 아내 와카야마 기시코(喜志子)도 가인.

10월 말 누마쓰沼津를 떠나 지금도 여전히 여행 중. 이 엽서를 주문은 했습니다만, 결국 대답을 써 보내지는 못합니다. 언짢게 생각마시고 용서해 주십시오.

─ 기리시마霧島[12] 산속 온천에서

11) 1878년 창간된 도치기 현(栃木縣)의 지방 신문.
12) 가고시마 현(鹿兒島縣) 중북부의 지명.

오카야마 이와오岡山巖

　매호 『진인』을 보내주셔서 감사합니다. 『진인』은 『미즈가메水甕』13)에 관련 있는 사람들이 위주이므로 즐겁게 읽고 있습니다. 『진인』이든 나고야의 이시이石井 씨가 주재하는 『세이주青樹』든, 본가이자 본원인 『미즈가메』보다 도리어 더 활발하지 않습니까? 오카노岡野 군에게는 실례되는 말일지 몰라도, 오카노 군이 그렇게 살뜰히 뒤치다꺼리를 하고 있기 때문에 잡지는 수수하면서도 견실하게 자기 자리를 얻어가고 있는 것 같습니다. 지방 잡지인 만큼 꽤나 손해를 보는 일도 있을 듯합니다. 도쿄의 잡지는 여러 관계로 유명해집니다. 또한 유명해지려고 하는 경쟁도 있지요. 이것은 단카 입장에서는 생각해 볼 문제입니다. 지방에서는 이런 것이 적어서 도리어 안심하고 조용히 단카를 짓는 것입니다. 또한 그렇게 노력함으로써 지방 가단의 세속을 초월한 특징을 발휘할 수 있지 않을까요? 지방에서 속세에 닳아빠진 일을 하는 것은 대체 어떻게 봐야 할지…… 이상 답신 드립니다.

● 오카야마 이와오(岡山巖, 1894 ~1969년). 가인, 의사. 히로시마현(廣島縣) 출신. 도쿄제국대학 졸업. 도쿄철도병원 등에 근무한 의사. 단카로는 여러 잡지의 동인으로 활동하다 1931년 『노래와 관조(歌と観照)』를 창간, 주재하고 단카 혁신론을 전개함.

---

13) 1914년 오노에 사이슈(尾上柴舟)를 중심으로 창간한 단카 잡지로 많은 가인들을 배출함.

나카무라 슈카中村柊花

● 나카무라 슈카(中村柊花, 1888
~1970년). 나가노 현(長野縣) 출
신. 잠업학교를 졸업하고 잠업기
술을 지도하면서 단카 창작 활
동. 와카야마 보쿠스이(若山牧
水)에게 사사하고 『창작(創作)』
의 선자로서도 활약.

한 마디로 하자면 지방 가단은 적적하다. 질에서
든 양에서든. 처한 처지에서든 천분天分에서든 특별
히 선택받은 사람들은 지방을 요람으로 하고 중앙
으로 나가 버린다. 그리고 좋은 잡지를 가지고, 좋
은 독자를 가지며, 생활도 그에 따라 자연히 보장
되어 가고, 또한 연구의 길도 열리게 되는데, 지방에 남은 자는 마
음가짐만은 온 몸을 바치듯 하지만, 형태상으로는 생활의 여가 유
희로밖에 볼 수 없다. 긴장감이 없는 점을 언제까지고 푸념할 것이
다. 그러나 이와 같은 불평은 요컨대 세상을 상대적으로 본 이야기
일 뿐 아무 쓸모가 없다. 모든 것은 그 사람의 천분에 있으며 노력
에 달려 있다. 다만 나는 현재와 같은 도회 집중의 정치, 경제, 학
문, 예술의 일체에 반대하는 것이다. 진정으로 일국 문화의 건전한
발달을 기한다면 더욱 더 그러한 것들을 지방으로 널리 보급시켜
야 한다고 생각한다.

● 마루야마 요시마사(丸山芳良,
1884~1932년). 가인. 도치기 현
(栃木縣) 출신. 도쿄고상(東京高
商) 졸업. 타이페이(台北), 나고
야 등지에서 근무한 후 귀향하여
인쇄업에 종사. 구보타 우쓰보
(窪田空穗)에게 사사하고 『국민
문학(國民文學)』에 참가. 『지상
(地上)』을 창간하고 개인 잡지도
발행.

마루야마 요시마사丸山芳良

지방 가단에 대한 고찰이라고 해도 특별한 의견
은 없습니다. 오늘날은 중앙조차도 고답적인, 저널
리즘에서 떠난 잡지가 적기 때문에 지방 가단에 그
것을 바라는 것은 무리일지도 모르겠습니다. 하지

만 어차피 지방에서 잡지를 출판할 정도라면 오히려 그 존재가 명확한 것, 즉 시류에 무관심하고 고답적인 것이었으면 좋겠습니다. 그런데 지금의 현실은 저의 이 희망에 반反하고 있습니다.

무라노 지로村野次郎

지방 가단은 아무리 발전해도 중앙 가단을 좌우할 정도가 되기란 좀처럼 어려울 지도 모르겠습니다만, 지방 가단은 역시 지방 가단으로서 해야 할 일이 있다고 생각합니다. 원래 단카는 자기 본위적인 것으로 너무 다른 것만 상대하지 않는 것이 좋을 것 같습니다.

● 무라노 지로(村野次郎, 1894~1979년). 가인. 본명은 다나카 지로(田中次郎). 도쿄 출신, 와세다 대학 졸업. 기타하라 하쿠슈(北原白秋)에게 사사하고 여러 잡지에 참가. 1935년부터 『고란(香蘭)』 주재.

단카를 짓는 사람으로서 말하자면 아주 편파적인 가단이 아니라면 그것이 중앙 가단이든 지방 가단이든 상관이 없을 것입니다. 다만 자기가 할 일을 성실히 해나가면 좋겠다는 이야기입니다. 또한 지방 가단의 사회적 효과라는 것을 생각하면 현재 일어나고 있는 소위 중앙집권에서 오는 일반 사회의 결함과 범죄를 어느 정도 완화할 수 있지 않을까 생각합니다.

● 호소이 교타이(細井魚袋, 1889~1962년). 가인, 공무원. 지바 현(千葉縣) 출신. 본명은 고노스케(子之助). 기사라즈(木更津) 중학 졸업. 오노에 사이슈(尾上紫舟)에게 사사. 1920년대 초 조선총독부에 들어가고 경성에서 『진인(眞人)』을 창간하여 1962년까지 주재. 일본 내무성(內務省), 도쿄도(東京都) 등에 근무.

호소이 교타이細井魚袋

가단은 중앙이라든가 지방이라든가 하는 관념으로 다루는 사이에는 진보하지 않습니다. 중앙의 상당수 사람들이 가단을 동일시하고 있는 것이 물론입니다. 그래서 단카가 민중화하면 할수록 이러한 관념이 엷어지고 중앙이든 지방이든 없어지게 될 것이라 생각합니다. 나는 지금 가단이 더 지방적으로 발달해가야 한다고 생각하고 있습니다.

쓰시마 간지對馬完治

● 쓰시마 간지(對馬完治, 1890~1975년). 가인, 의사. 니가타 현(新潟縣) 출신, 교토부립의대 졸업. 도쿄로 내과의 개업. 구보타 우쓰보(窪田空穗)에게 사사하고 『국민문학(國民文學)』의 동인. 1920년 『지상』 창간. 1925년 파리로 가서 프로이트를 연구함.

나는 지방 가단에 대해서 호의를 가지고 있습니다. 그것은 문예로 장사를 하지 않기 때문입니다. 그리고 우두머리 행세를 하지 않기 때문입니다. 이 두 가지를 하지 않고 잡지를 간행해 가며 단체를 만들어 갈 수 있는 것이 나쁜 결과를 초래하리라고는 상상도 할 수 없습니다.

오다 간케이小田觀螢

● 오다 간케이(小田觀螢, 1886~1973년). 가인. 이와테 현(岩手縣)에서 태어나 홋카이도(北海道)로 이주함. 1915년 『조온(潮音)』의 창간에 참가하였으며 1930년 『니하리(新墾)』를 창간하고 주재함. 상징주의에 입각하여 홋카이도의 풍토를 노래함.

지방에도 중앙의 잡지에 뒤떨어지지 않을 만한 잡지가 있었으면 좋겠습니다. 그리고 귀 잡지는 이것에 가장 가까운 듯하여 나는 언제나 기쁘게 받아보고 있습니다.

—『眞人』第四卷第一號, 眞人社, 1926.1.

조선 문단 조감

● 미노야마 모쿠로箕山默郎 ●

조선 문단 조감

조선 문단이라는 것이 형성되고 나서 대략 이십 년도 되지 않았으리라. 원래 조선 문예 작품은 대부분 이조李朝 이후의 것으로, 그이전에 있다 하더라도 거의 지나支那(중국을 낮춰 칭하는 말, 역자)소설 또는 지나에서 제재를 취한 것이 많다. 극劇 같은 것도 오로지 『춘향전』이 하나 있을 뿐 달리 아무런 예제藝題도 없다. 이 『춘향전』은 「남원단가南原短歌」라 칭해지며 일반에게 대단히 애호되고 있다.

이밖에 항간에 유포되어 있는 소설은 연애물이 백 편 정도, 역사소설에 『삼국지』, 『초한전』, 『동한연의』, 『서한연의』, 『사씨남정기』, 가정소설에는 『홍길동전』을 주로 하여 이십 편 정도, 기타 삼십 편 정도이다.

이 요람시대의 조선 문단 선각자로서는 최남선 씨와 이광수 씨가 있다. 전자 최남선 씨는 호를 공육公六이라 칭했는데, 나중에 육당이라 고쳤다. 역사 전문에 비평을 시도한 『박람강기』에는 놀랄 만한 것이 있다. 예전에 발행된 『소년』, 『붉은 저고리』, 『청춘』 세 잡지는 뭐니 뭐니 해도 조선의 새로운 문학의 선구이다. 학자로서의 완고한 버릇이 있으며 자기 설을 굽히지 않는 점에 그의 특색을 인정할 수 있다. 저작으로서는 『가여운 친구』라는 번역과 『심춘회례』라는 역사적 고적을 조사한 것과 최근 시조집 『백팔번뇌』 등이 주된 것이다.

이광수 씨는 호를 춘원이라고 한다. 그는 소설과 논문을 주로 발표하고 있다. 장편물을 잘 쓰며 배경을 조선으로 하여 묘사하는 것은 어디까지나 현대에 고뇌하는 조선의 그것이며, 모든 계급을 관통하여 그의 작품은 가장 많은 독자를 지니고 있는 대신 가장 많은 비난과 칭찬도 받고 있다. 그의 작품과 인물을 어디까지나 조선 자체라고 한다면 그 결점도 장점도 인식할 수 있을 것이다. 저작은 『무정』, 『개척자』, 『재생』, 『단편집』, 『허생전』, 『젊은 꿈』, 『신생활론』, 『조선의 현재 및 미래』, 『어둠의 힘』 등이 주된 것이다.

이상 두 사람은 어쨌든 조선 문단의 개척자이며 또한 현재 여전히 문단의 기숙耆宿으로서 부동의 지위에 있다.

3·1운동(독립운동)이 있은 이후 조선 문단은 훌륭하게 성장하여 그 당시 잡지는 우선 영국의 『황색지The Yellow Book』나 『사보이The Savoy』와 같은 느낌이 나는 순문예지 『창조』와 경성의 『태서문예신보』가 있는데, 이 『태서문예신보』는 내용이 그다지 풍요로운 편은 아니고 3·1운동과 더불어 폐간되었으며, 『창조』도 십 몇 호인가로 폐간되었다. 그로부터 조선 신문예운동은 점점 활발해졌다. 『폐허』, 『백조』, 『금성』, 『장미의 숲』, 『신문예』, 『서광』 등의 순문예지가 잇따라 발간되었다. 게다가 작년 가을 무렵 폐간한 『개벽』은 새로운 문

예와 사상을 위해 진력한 공적이 대단했다. 동시에 이광수 씨를 주재로 한『조선문단』은 특히 눈부신 활약을 했다. 지금의 새로운 시인, 문사들은 어느 한 사람 이 잡지의 면을 장식하지 않는 자가 없었다. 이상이 우선 칠 년 동안 조선 문단에 나타난 잡지이다.

다음으로 현 문단 일류의 사람들을 간단히 소개하기로 한다.

염상섭 씨—그에게는 대범한 면도 있지만 투철한 두뇌의 소유자로 저작에는『해바라기』,『견우화』,『금반지』, 번역에『남방의 처녀』라는 것이 있다.

연령 삼십 정도의 현진건 씨—호를 빙허라고 하며 조선의 체호프라 보기도 한다. 저작에는『타락자』,『빈처』,『조선의 얼굴』이며 번역에『악마』라는 것이 있다. 연령은 삼십 정도.

김동인 씨—장편보다 단편에 그의 천혜의 재능이 보인다. 초연하게 한 사람의 세계를 걷는 면이 있는『감자』등은 특히 수작이다. 나이는 서른을 넘지 않는다. 저작에『생명』이 있다.

최학송 씨—호를 서해라고 하며 처녀작을 발표한 이후 점점 힘 있는 작품을 내놓고 있다. 장편물에서는 그다지 감탄할 수 없는데 선이 너무 두꺼운 그림을 보는 듯한 느낌이 있다. 나이는 젊어 스물을 넘긴지 얼마 되지 않는다. 앞날이 크게 촉망되며 저작에『혈흔』이 있다.

김기진 씨—호를 팔봉이라고 한다. 장편을 자주 쓰지만 모두 그다지 좋지는 않다. 프로 문학의 일인자로 그의 작품은 앞으로 기대되는 바가 있다. 문예비평에도 상당히 날카로운 부분이 있다. 그는 시도 쓰는데 이 역시 그다지 감탄스럽지는 않다. 저작에는 『애련모사』[14]라고 하는 달짝지근한 시의 번역과 『여자의 일생』 번역이 있다. 나이는 젊다.

박종화 씨―호는 월탄이라고 한다. 처음에는 시를 썼는데 소설에서도 그다지 좋은 작품은 볼 수 없다. 젊은 사람이다.

이밖에 프로 문학 작가에 박영희 씨(호 회월), 조명희 씨(호 포석), 이익상 씨(호 성해) 등이 있다. 방인근 씨(호 춘해), 전영택 씨(호 장춘) 등에게서도 좋은 소질이 보인다.

시단 쪽에서는 뭐니 뭐니 해도 김억, 주요한 두 사람을 들 수밖에 없을 것이다.

김억 씨―호는 안서라고 한다. 그의 시는 쓸쓸하고 아름다운 밝음이 있다. 저작에는 『오뇌의 무도』, 『잃어진 진주』, 『기탄자리』, 『원정』, 『사월死月』의 역시와 『월해의 노래』, 『금모래』, 『봄의 노래』에 『모래 위 산책』과 『죽음의 나라로』가 있다. 에스페란토어의 일인자이다. 나이는 서른을 넘었다.

주요한 씨―호를 송아라고 한다. 언어를 살려 사용한다기보다 어디까지나 화려하고 맑은 흐름을 응시하는 편이다. 아름다워서 아무리 보아도 질리지 않는다. 저작에는 시집 『아름다운 새벽』이 있다. 이로 인해 그가 얼마나 시적 소질을 타고 났는지 엿볼 수 있다. 현재 『동광』의 편집을 맡고 있으며 나이는 서른 정도.

---

14) 원문에는 '연애모사(戀愛慕思)'라고 되어 있음.

김정식 씨 ─ 호는 소월이라고 한다. 민요 시인으로서 이름 있는 노구치 우조野口雨情15) 씨와 닮은 점이 있다. 저작에 『진달래 꽃』이라는 민요체 시집이 있다. 나이는 스물 대여섯.

양주동 씨 ─ 호를 무애라고 한다. 쉽고 밝은 시를 쓴다. 나이는 스물 일고여덟이고 저작은 없다.

이은상 씨 ─ 호도 은상이라고 한다. 그의 시에는 어두운 곳에서 밝음을 찾는 느낌을 받는다. 최근 작품에서는 민요의 색채를 띠고 있다. 나이는 스물 대여섯이고 저작은 없다.

김동환 씨 ─ 호는 파인. 그의 시는 북방의 추운 겨울밤 같아서 어두운 느낌이 안 드는 것은 아니나 역시 북방의 겨울을 떠나서는 그의 시를 생각할 수가 없다. 강력하며 동시에 인간의 어두운 겨울밤의 목소리 같다. 저작에 『국경의 밤』, 『승천하는 청춘』이 있다. 나이는 스물 대여섯.

변영로 씨 ─ 호를 수주樹州16)라고 한다. 아름다운 시를 짓는다. 하지만 너무 기교적이다. 저작에는 『조선의 마음』이 있다. 나이는 스물 여덟아홉.

그밖에 이장희, 유도순, 조운 등의 제씨들이 새로운 시를 발표하고 있는데 아직 일가를 이루었다고는 할 수 없다.

그리고 시단과는 그다지 관계가 없는 승려 한용운 씨의 『님의

---

15) 노구치 우조(野口雨情, 1882~1945년). 시인, 동요, 민요 작가. 이바라키 현(茨城縣) 출신. 도쿄 전문학교(지금의 와세다 대학(早稻田大學)) 중퇴, 1905년 일본 최초의 창작 민요집 간행. 1920년대 민요시인으로서 큰 인기를 얻음.
16) 원문에는 '수렬(樹洌)'이라 되어 있음.

침묵』과 같은 시집은 인도 타고르를 생각나게 하는 바가 있을 뿐 아니라 상당히 친근감이 있는 좋은 시집이다.

어쨌든 조선 문단은 최근 특히 이삼 년 지극히 은성殷盛하다. 그리고 조선의 학생들도 열에 아홉은 문학으로 입신할 것을 열망하는 경향이 보인다.

표제만 거대하고 조잡한 글이 되어 버렸지만, 조선 문단의 윤곽 정도만 소개한 셈이다. 또한 글 중에서 폭언을 쏟아낸 죄를 깊이 사과한다.(1926년 12월 17일)

—『眞人』第五卷第一號, 眞人社, 1927.1.

흙의 민요에 관하여

● 노구치 우조野口雨情 ●

흙의 민요에 관하여

　이 글은 이번 하마구치 요시미쓰浜口良光[17] 씨와 내(이치야마 모리오, 역자)가 계획하고 있는 조선의 민요 수집에 관해 보내신 편지의 서문에 해당하는 것으로, 물론 노구치 씨에게는 이렇게 발표하는 것이 본의가 아니라 송구하지만, 아주 유익한 글이어서 예의가 아닌 줄 알면서도 일부를 발표하게 되었다. 이치야마市山

　……『진인』을 읽고 난바難波[18] 씨의 글에 대해 황송하기 짝이 없게 생각합니다. 소생(노구치 우조, 역자)이 말한 것은 소생의 민요에 대한 오랫동안의 주장으로, 잠자코 있었으면 좋았을지도 모르겠지만 책을 받았기 때문에 그 감사 인사를 말씀드리는 김에 덧붙여 쓴 것뿐, 난바 씨에 대해 처음부터 이러쿵저러쿵 할 생각으로 말씀드린

---

17) 하마구치 요시미쓰(浜口良光, 생몰년 미상). 아동문학가. 도요(東洋)대학 출신으로 새로운 동화작가로 주목을 받았으며 경신학교(儆新學校, 연희전문학교의 전신) 교수를 역임.
18) 난바 센타로(難波專太郎, 1894~1982년)를 말함. 경성철도학교 교수. 오카야마 현(岡山縣) 출생. 도요(東洋)대학 졸업. 경성중학교의 교유(教論), 1924년에는 철도종업원양성소로 옮김. 조선철도독본(朝鮮鐵道讀本) 편찬간행 상임간사. 조선 재주 중에 『조선풍토기(朝鮮風土記)』를 저술하여 간행.

것이 아니므로 그저 송구하게 여길 따름입니다.

　이렇게 말씀드리면 또 끝이 없을지도 모르겠습니다만, 요컨대 난바 씨의 '향토'의 의미 해석과 소생이 말하는 '향토'와는 해석상에서 차이가 있는 것처럼 여겨집니다. 소생이 말하는 '향토'의 의미는 지방적이라는 한정된 의미가 아니라 흙 위라는 의미인 것입니다. 다시 말해 민요는 흙에서 태어나는 노래이며 흙에서 태어나는 노래이기 때문에 방에서 태어난 노래(속요)와는 형태는 같을지언정 본질까지 같다고 보기는 어렵다는 생각입니다. 그 때문에 유일이라는 단어도 사용한 것이었습니다.

　흙에서 태어난다는 것은 그 노래가 흙 위에 발을 붙이고 있다는 의미입니다. 단순히 지상地上을 노래했기 때문에 그것이 곧 흙에서 태어났다고는 할 수 없는 것입니다. 설령 방(푸른 하늘 천정에 대한 반대의 의미로 방이라고 말씀드립니다)에서 있는 일을 노래해도 그 노래의 탄생지가 흙 위라면, 즉 흙에 발을 붙이고 있으면 흙에서 태어난 의미가 됩니다. 다만 그것을 쉽게 금방 알 수는 없으므로 소생도 이전에는 일반 민요론자들이 말하는 것을 옳은 것인 양 생각하고, 민중에게만 노래된다면 그 본질의 여하에 상관없이 민요라고 할 수 있다고 생각했습니다. 하지만 흙과 민요와는 어떤 관계인가, 민요는 왜 흙의 시인가 등을 생각하고 실제로 민요를 써 보는 사이에 알게 된 것인데, 요즘의 느낌은 마음에서 마음으로 전해는 것이지 '이러이러한 것입니다'라고 단어나 글자로 드러내기 어려운 것입니다. 오로지 실작을 통해서 이것이 흙에 발을 붙이고 있는지 아닌지 아는 것 외에 방법은 없다고 생각됩니다. 그렇게 되면 소생의 작품 같은 것은 부끄러운 것들 투성이입니다.

이상은 난바 씨의 글에 대한 대답이 아닙니다. 글에 대한 대답을 하지 않고 개인 서신으로 말씀드리는 것이 비겁하다는 질책이 따를지도 모르겠지만, 나는 난바 씨의 설을 학자의 설로서 경청한 것이고, 작자로서의 제 생각을 말씀드린 것도 요컨대 하마구치浜口 씨와 함께 수집 계획을 한 조선 민요에 관하여 혹시 사소하나마 참고가 되실까 하였을 뿐, 다른 뜻이 있다고 생각하신다면 너무도 송구하기 짝이 없는 일이라 생각합니다. (이치야마 앞으로 온 개인 서신에서)

— 『眞人』第六卷第三號, 眞人社, 1928.3.

조선의 노래

●미치히사 료道久良 ●

조선의 노래

1

조선의 노래, 이 말은 두 가지 다른 의미로 사용된다. 하나는 조선인에 의해 노래된 조선의 노래라는 의미로. 또 하나는 조선을 노래한 노래, 즉 조선의 자연과 인간을 대상으로 노래한 조선의 노래라는 의미로. 여기에서 조선의 노래란 후자를 가리키며 더구나 그 중에서도 단카를 가리키는 것이다.

2

나에게는 의문이 하나 있다. 지금도 여전히 가지고 있다. 조선의 노래는 우리의 말(일본말, 역자)에 의해 정말로 노래될 수 있을까? 좀 더 추궁해서 말하자면 내가 여기에서 말하는 조선의 노래란 실제로 존재할 수 있을까? 이 의문은 의문인 채로 나로 하여금 조선의 노래를 부르도록 노력하게 만든다. 의문은 품고 있지만 노래하지 못할 것은 없다고 생각한다.

내가 조선의 노래를 부를 수 있다고 한다면 그것은 조선의 흙을 사랑하고 조선 사람들을 사랑해서이다. 거기에서만 조선의 노래가 태어날 하나의 가능성이 있는 것이다.

3

조선의 노래는 관료적 통치의 온정에서는 태어나지 않을 것이다. 조선의 노래는 더 멀리 있다. 그리고 또한 더 가까이에 있다고도 할 수 있다. 마음으로부터 조선을 생각하는 어떤 사람들을 보더라도 역시 마음으로부터의 동정을 보낼 수 있는 사람들에게만 진정한 조선의 노래가 태어날 가능성이 있다.

조선의 사람들에게도 예전 폴란드 농민들에 의해 불린 좋은 민요와 같은 뛰어난 예술이 태어날 가능성이 있다. 그런데 그 가능성마저 짓밟으려는 사람들에게 어떻게 좋은 조선의 노래가 태어나겠는가? 좋은 예술을 키우기란 성장하려는 사람들에게 다른 개념을 강요하려는 좋은 교육보다도 더욱 어려운 문제일 것이다. 그리고 이 문제는 또한 우리 조선의 노래 문제이기도 하다.

4

우리가 내지인(內地人(일본인, 역자)이라는 것은 조선인이 조선인이라는 사실과 더불어 영원히 없앨 수 없는 사실일 지도 모른다. 진정한 융화는 그것을 없애는 것이 아니라 진정으로 내지인일 것, 그리고 또한 진정으로 조선인이 조선인인 것을 아는 점에 있다는 느낌이 든다. 진정 그것을 알 때 융화의 세계, 친밀함의 세계가 존재할 수 있을 것이다.

그것은 우리가 조선의 사람이 될 수 있을 때이리라. 조선에 사는 우리가 진정 조선에 사는 내지인이라는 것과 더불어 조선을 육성시키는 내지인이라는 것을 자각할 때이리라. 그때 비로소 우리는 조선의 사람이 될 수 있었다 말할 수 있다.

조선에 살기란 쉬운 일이지만 조선의 사람이 되는 일은 어렵다. 나는 우리가 내지인이라는 사실을 떠나지 않고서는 진정한 조선의 사람이 될 수 없다고 생각한다.

5

조선의 노래는 내가 여기에서 말하는 조선의 사람이 될 수 있을 때 비로소 태어나는 것일 지도 모른다. 진정한 조선의 사람이 될 수 있을 때 내 모든 노래는 조선의 노래가 될지도 모른다. 내가 조선의 노래에 관해 가지고 있는 의문도 이때 깨끗이 사라질 것이다.

조선의 노래를 부르는 단 하나의 길이 거기에서 펼쳐질 것 같은 느낌이 든다.

6

조선의 노래, 이는 깊은 친밀감이 느껴지는 말이지만 또한 두려운 말이기도 하다.

조선의 노래, 너는 한 번 쯤 나의 노래를 무너뜨려 버릴 지도 모른다. 하지만 나는 부서진 말들 사이에서 진정한 너를 노래해 가고 싶다. (1928년 8월 3일)

—『眞人』第七卷第一號, 眞人社, 1929.1.

조선의 노래, 기타

●미치히사 료道久良●

조선의 노래, 기타

1

최근 몇 년간 온건한 발걸음을 지속하던 새로운 단카 운동도, 프롤레타리아 단카 운동의 출현에 의해 표면적으로는 상당히 눈부신 발전을 이루었다고 할 수 있을 것이다. 그들의 주장에는 아직 수많은 미숙한 점이 있지만 그 단카 이론 내지 작품의 미숙함에도 불구하고 우리는 역시 시대에 홀로 뒤떨어진 가단을 더욱 우리 시대에 근접하게 만들기 위해 그들에게 찬성할 수밖에 없다. 그들도 또한 기성 가단의 형식적 만요주의万葉主義에 잠들어 있는 것을 각성시킨다는 점에서 우리와 보조를 같이 한다.

오늘날의 가단은 예전의 형식적 만요주의의 파괴와 더불어 올바른 내용적 만요주의의 수립에 의해 뿌리 깊은 힘을 기르고, 완전히 내일의 가단을 형태 지을 수 있을 것이다.

2

　우리가『만요슈』를 존중하는 것은 만요의 노래 형태를 흉내내기 위해서가 아니고,『만요슈』에 그들 시대와 환경을 충실히 읊은 노래가 많기 때문이다. 그 까닭에『만요슈』의 노래가 그들의 시대를 떠나서 다시 존재할 수 있는 것은 아니지만, 그렇더라도『만요슈』의 많은 노래들은 영원히 빛나는 무언가를 지니고 있다. 현대의 형식적 만요주의자들은『만요슈』의 형태만을 흉내 내는데, 광휘가 없는『만요슈』의 잔해를 아무리 높이 쌓아둔다 한들 거기에 무슨 가치가 있겠는가? 나는『만요슈』의 사람들이 지닌 자기에 대한 충실함, 나아가 그들의 시대와 환경에 대한 충실함을 더없이 존경한다. 그것을 우리의 본보기로 삼아야 할 것이다. 간단히 이것을 내용적 만요주의라고 해 두자. 그 때문에 내가 주장하는 내용적 만요주의는 현대에 어울리는 오늘날의 노래를 부르기 위하여 형식적 만요주의에는 철저히 반대하는 것이다.

3

　새로운 단카 운동과 관련하여 우선 우리는 단카와 자유시의 한계를 정해 둘 필요는 없을까? 적어도 시와 단카를 구별해서 취급하는 이상, 아무래도 이 한계를 대강 결정해 두는 것이 장래의 단카를 논함에 있어서도 필요한 일이다. 참고가 되도록 그 한계에 대한 사견을 여기에 나타내 두고자 한다.

종래 단카의 형식적 운율에 미의 변전變轉을 감득하고 창작하는 것은 가장 넓은 의의에서 가인이라고 할 수 있다. 이와 같은 가인에 의해 노래된 작품 중에 얼마간이라도 종래의 단카 형식적 운율의 효과에 의해 작품의 시적 내용을 살린 것을 단카라고 불러도 지장이 없을 것이다.

비평을 기다리는 바이며 필요한 점은 수정하고자 생각한다.

4

마지막으로 단카의 한 분야로서 조선의 노래를 제창해 두기로 한다. 내가 여기에서 말하는 조선의 노래란, 지역적으로 특수한 조선의 자연과 인간을 다룬 새로운 단카의 분야를 가리키는 것이다. 그저 지나쳐 가는 이른바 여행자가 본 조선의 노래가 아니라, 특수한 조선의 자연과 인간을 대상으로 하여 태어나는 것이 아니면 도저히 안 되는, 조선에 어울리는 단카를 가리키는 것이다. 조선의 단카는 한 분야로서 아직 미숙하기는 하지만 작품으로 언젠가 완성에 가까워질 날이 올 것을 믿는다.

조선 민족의 고민은 오늘날의 사회조직 하에서의 프롤레타리아의 고민과 비교해도 여전히 심각하다고 할 수 있을 것이다. 또한 예전의 조선인들에 의해 키워진 온갖 자연과 문화가 얼마나 일본 내지와 다르고 조선에 특유한 색채를 다분히 내포하는지 아는 사람은 적을 것이다. 조선의 노래에 대한 우리의 주장은 이러한 것들을 깊고 올바르게 보는 점, 또한 그것을 얼마나 진실하게 노래하려는가 하는 점에 있다. 그렇기 때문에 우리는 부르주아적 단카 운동에도 프롤레타리아 단카 운동에도 구속되고 싶지 않은 것이다. 이 점에서 또한 프롤레타리아 단카 운동과 마찬가지로 우리는 기성 가단의 형식적 만요주의에는 어디까지나 반대하는 것이다. 우리는 무엇에도 얽매이지 않고 진실한 조선을 노래해 갈 것이다. 거기에서 진정한 조선의 노래가 태어날 것이라고 생각한다.

— 『眞人』第七卷第十二號, 眞人社, 1929.12.

조선 가요의 전개 1

●이치야마 모리오市山盛雄●

조선 가요의 전개 1

본고는 조선 가요사에 정리할 심산으로 착수한 것인데, 학문이 일천하고 시간이 허락하지 않아 방임해 두던 것을 지인의 권유로 발표해 보기로 한 것이다. 많은 분들의 질정을 얻고자 한다. 별도의 난으로 「일・선대조 가요사략日鮮對照歌謠史略 연표」를 발표해 나갈 생각이기 때문에, 아울러서 본다면 조선 가요의 전개 상태는 대략 이해할 수 있을 것이다.

서설

가요는 온갖 문학의 모체이다. 시, 극, 소설도 그 근원을 탐색하면 모두 가요에서 나왔다. 한 나라 민족의 진실된 상相을 보기 위해서는 반드시 거짓 없는 적나라한 민중의 목소리이자 들판의 목소리인 가요부터 들여다보아야 한다.

가요가 다른 문학과 다른 점은 음악적 요소를 갖추고 있다는 점인데, 이것은 성립상으로 구별하여 기교가와 민요로 나눌 수 있다.

기교가는 작자가 있고 하나의 형식에 해당시킨 것인데, 민요는 어느 시대에 누가 지었는지 모르게 전창傳唱되어 온 것으로 물론 시작은 몇 사람인가가 만든 것이겠지만, 언어상의 전승이므로 자연히 원래의 말 형태를 잃고 많은 사람들에 의해 가락이 좋게 수식되고 세련되게 만들어진 민중의 공산물이라고도 할 만할 것이다. 그리고 가요의 종류는 노동할 때 불러지는 노동요, 노동을 쉴 경우에 불리는 주연酒宴의 노래로 나눌 수 있는 것이다. 이것은 어느 나라 가요에서든 마찬가지이다.

조선 가요의 사적 서술을 시도함에 있어 가장 통감하는 바는 그 문헌이 심하게 산일되어 있다는 것이다. 훤히 벗겨진 붉은 살갗의 산들이 이어지는 그저 망막한 황무지같은 느낌이다. 사실史實을 탐색하려고 해도 너무 애매모호하다. 그러나 이 나라의 민족은 가무를 애호했다. 옛 기록에 고구려에서는 시월에 동맹東盟이라는 제천제가 거행되어 나라 안의 모든 사람들이 모였으며, 모여든 사람들의 옷은 모두 수를 놓은 비단에 금은으로 장식을 했다. 부여에서는 은殷의 정월에 하늘을 제사하여 온 나라 사람들이 모여 며칠이나 먹고 마시며 노래하고 춤을 췄다. 이것을 영고迎鼓라고 한다. 예濊에서도 시월에 하늘을 제사하여 낮밤으로 음주 가무를 하였으며 이를 무천舞天이라 이름 붙였다. 마한에서는 오월과 시월 두 차례 대제를 행하는데 오월에 씨뿌리기가 끝나면 귀신을 제사했다. 가무 음주가 주야로 쉼이 없는 큰 축제로 그 춤은 수십 명이 한 무리가 되어 발 박자 손 박자를 맞추었다. 시월에는 수확이 끝나고 그 축

도로서 오월의 행사와 비슷한 제전을 거행했다. 『위지魏志』에서는 '온 나라 고을과 촌락에 날이 저문 밤 남녀가 무리지어 모여 서로 나아가 노래하고 놀았다國中邑落, 暮夜, 男女群聚, 相就歌戲'라고 고구려 사람들의 상태를 기록했고, 부여족에 관해서도 '길에 다닐 때는 밤이나 낮이나 늙은 사람, 젊은 사람 모두 노래를 부르고 종일 노래 소리 그치지 않았다行道晝夜, 無老幼皆歌, 通日聲不絶'고 되어 있는 것을 보아도 알 수 있다. 그들이 얼마나 낙천적이고 가무 유희를 애호했는지 상상할 수 있을 것이다.

최남선 씨는 조선인이 극적이라기보다는 음악적 국민이라고 한다. 기악적이기보다 성악적 국민이라고 한다. 또한 조선의 민요는 다른 어디에서도 볼 수 없을 정도의 문학적 세력을 차지하고 있다. 이것은 어쩌면 조선문학사의 중대한 한 특색일지도 모른다. 그리고 이것은 문학을 통한 그 사상사의 모든 내용이기도 하다. 왜냐하면 조선에는 민족적 종교도 있었지만 그 경전이 전하지 않는다. 민족적 철학도 있었지만 그 체계를 기록하지 않았다. 그 사상 생활의 자취를 표상할 만한 것은 오로지 하나, 바로 문학적 방면인데 그 문학이라는 모둠냄비에 담긴 것은 칠팔 할까지 민요이다. 조선인의 생활, 조선의 역사에 민요는 이 정도로 중대한 의의를 띠고 있으며, 이것이 아니면 조선을 이해할 수 없다고 할 만한 이유도 여기에 있다. 조선의 민요는 다른 데와 같은 단순한 민요, 민요적 가치에 그치는 것이 아니라고 역설된다. 그러나 고대의 조선 민요로서는 지금 경상도 중심의 「산유화」에서 약간 그 유운遺韻을 그려볼 수 있을 정도이다. 경상도는 노래의 본고장으로 예전에는 향가, 즉 조선에서 가장 오래되고 더구나 향토색 풍부한 성형가사(후장에서 상술하기로 한다)를 키워냈으므로, 어쩌면 「산유화」 안에도 향가를 읊던 자취가 남아 있을지도 모른다. 『고려사악지』에 기자 조선 시대의 작품이라고 하는 「서경西京」, 「대동강大同江」이라는 두 곡이 있는데, '절패지류折敗之柳 역유생의亦有生意'라든가 '대동강을 황하에 빗대고以大同江比黃河 영명령을 숭산에 빗대永明嶺比嵩山'라고만 되어 있을 뿐이며 그 원형은 알 방도도 없다. 하지만 당시의 민요인 것은 분명하다. 어쨌든 조선, 중국의 옛 기록 같은 것을 보아도 풍요로운 민요의 나라였다는 것은 충분히 상상할 수 있다.

성형 가사로서는 고작 『삼국유사』와 해인사의 경전에서 발견되었다는 『균여전』 안에 산견하는 향가의 몇 수를 남긴 것에 불과하다. 그것이 가장 오래된 시조時調로 여겨진다. 고구려의 고국천왕 때 국상이던 을파소의 작이 한 수 있는데, 이것이 한시의 영향을 받은 것을 보면 정말 이 시대의 을파소가 지은 것이라고는 믿기 어렵다. 왜냐하면 너무 지나치게 정돈되어 있는 점과 이 이후 성충成忠 때까지는 시조를 볼 수가 없으며 한시는 이보다 훨씬 후대에 소무蘇武의 오언, 동관東漢[19] 광무제光武帝의 칠언이 한시의 시작이 되기 때문이다. 향가는 통일신라 시대 이후에는 완전히 그 자취가 끊어졌다. 그러나 이미 향가의 가집이라는 『삼대목』까지 편찬될 만큼

---

19) 원문에는 동관(東關)이라 되어 있으나 동한의 오식으로 보임.

성행했던 것이 갑자기 고려 시대가 되어 모습을 감추었을 리는 없다고 본다.

아무리 한나라 숭배자들 때문에 시조가 생기고 향가를 일소했다고 한들 그 정도로 성행했던 향가였으니, 가사든 곡이든 누군가 향가 후계자라 할 학도가 한 사람 정도는 있어야 한다. 이점에서 추론한다면 향가는 나라님이 바뀌자 동시에 향가라는 호칭이 바뀌어 시조로 된 것이 아닐까 한다.

조선의 가요는 삼국 정립鼎立 시대를 곧 그 발생시대라고 보아야 하며 이것이 제1기에 속한다. 제2기는 시조 난숙기를 낳은 고려 시대이며, 제3기는 이조 시대의 전개가 된다. 극히 대략적이지만 이 순서로 내 연구를 진행하고자 한다.(미완)

— 『眞人』第八卷第一號, 眞人社, 1930.1.

조선 가요의 전개 2

●이치야마 모리오市山盛雄●

상고 신화시대 1

태고 몽매에 속하는 사적은 조선만 그런 것이 아니라 세계 어느 나라에서든 혼돈상태이므로, 그 전개 상태를 보려면 신화와 비슷한 전설에 의지하는 수밖에 없다.

조선 개국의 시조는 지금으로부터 사천년 전의 중국 당요唐堯 시대에 출현했다(단군檀君, 壇君이라고 쓴다)고 한다. 이 단군 전설이 처음 문헌에 드러난 것은 『삼국유사』이다. 이 책은 고려 충렬왕 시대 승려 일연의 편찬이며 지금으로부터 대략 육백오십 년 전의 저서이다.

전설의 대략은 옛날 제석帝釋의 서자인 단웅이라는 자가 삼천 명의 권속을 이끌고 태백산(지금의 묘향산 혹은 백두산이 이에 비유되는데 정설은 없다) 정상의 신단神壇 나무 아래에 강림했다. 그래서 그 강림한 땅을 신시神市라 이름 짓고 스스로를 환웅천왕이라 칭했다. 어느 날 한 동굴에 동거하던 곰이 천왕의 분부를 지켜 인간으로 다시 태어나 웅녀가 되고, 천왕과 혼인하여 태어난 것이 단군왕검이다. 단군은 당나라 고제高帝(요임금) 즉위 오십년 경인년(기원전 2311년)에 평양으로 천도하여 조선왕이 되었다. 또한 도읍을 백악산 아사달로 천도한 다음 천오백년 동안 나라를 다스렸다. 한편 중국 쪽에서는 주나라 호왕虎王 즉위 기묘년(기원전 1122년)에 기자를 조선으로 보냈으므로, 단군은 한 때 장당경藏唐京으로 거처를 옮겼지만, 노후에 다시 아사달로 돌아와 은둔하여 산신이 되었고 천구백 팔 세까지 장수를 누렸다고 한다.

최남선 씨는 최근 『불함문화론不咸文化論』을 저술하여 단군이란 Tengri 혹은 그 유의어의 사음寫音으로, 원래 하늘을 의미하는 말에서 변하여 하늘을 대표한다는 군사의 호칭이 된 말에 다름 아니라고 하였다. 즉 군君은 정치적, 사師는 종교적 수장을 말하는데, 원시의의에서는 양자일체이다. 언어학적으로 이 동일문화권에 속하는 것으로 여겨진다. 몽골어의 Tenger가 하늘과 더불어 무(巫, 숭천자)를 의미하는 것, 인류학적으로 군주와 무축巫祝이 대개 일원일체라는 것, 조선의 옛 전승에 군주와 무축이 역시 동일한 말로 불렸다는 것을 더불어 생각하면, 설령 전설이라고 해도 단군이라는 것이 얼마나 확실한 근거 위에 서 있는지를 알 수 있을 것이다. 하물며 중국의 재범載範20)에도 삼한의 옛 풍속을 기록하여 '국읍에 각각 한 사람씩 뽑아 천신의 제사를 주관하게 하는데國邑各立一人主祭天神 그를 천군이라 부른다名之天君'고 되어 있으며 조선의 현대어에도 여

---

20) 의미 미상이나, 이하 『진서(晉書)』의 「마한전(馬韓傳)」을 인용하므로 『진서』를 지칭하는 것으로 보임.

전히 좌座를 Tangur, Tangur-oi라고 호칭하는 지방이 있으며, 앞에서도 기록한 것처럼 그 변형인 Taigam이 오늘날까지도 조선의 민간신앙의 최고 신격을 이루고 있을 정도이다. 또한 종교적인 이유에서 왔다고 생각되는데, 군장의 호칭에 하늘을 붙여 부르는 것은 이 문화권 내의 특색 중 하나로『한서』에 보이는 흉노의 탱리고도 撑梨孤塗[21](번역하면 천자로부터 동명설화의 탁리橐離,[22] 주몽설화의 천제, 북연의 천왕, 일본의 아마쓰히쓰기天津日継[23] 등의 관념 및 사실)에 비추어 단군신화에 역사적 반영이 있다는 것도 부동의 사실이다.

또한 최근에 지우인 아베 다쓰노스케阿部辰之助 씨는『신선新選 일선태고사日鮮太古史』라는 저서를 써서 발표했는데, 아베 씨는 단군 왕검이 신라국 천왕이며 단군 왕검[24]을 정통으로 보고 일본으로 건너가 스사노오노미코토須佐之男尊[25]라 명명한 동일인물이라고 역설하였다. 그 내용인 즉 일본의 국토는 태고 시베리아와 인접한 대륙으로 조선 땅은 일본과 반도를 이루고 북쪽은 제3기 시대에 전부 바다였다고 주장하며 조선 땅에 남은 맥貊족은 각지에 점점이 부락을 이루었는데, 이 맥족을 이끈 추장을 모두 단군이라 한 것이다. 이 맥족은 단목을 신목이라 숭상했던 까닭이다. 조선에서 단군

---

21) 원문에는 '撑製孤屠'라 되어 있으나 오식으로 보임.
22) 고리(藁離)를 잘못 옮겨 쓴 것.
23) 일본에서 천황의 황위를 계승하는 것을 의미함.
24) 이 글의 원문에서는 왕검 대신 '王汗'이라는 한자를 자주 사용하고 있음.
25) 일본 신화에 등장하는 신으로 '스사노오', '다케하야스사노오노미코토'라고도 하며 '素戔男尊', '素戔嗚尊', '建速須佐之男命', '神須佐能袁命' 등으로 표기. 태양신 아마테라스오미카미天照大神의 남동생.

조선 시대라 부르는 것은 이 맥족이 조선 땅에 들어온 시대로부터 맥족이 농업민족이 되기까지의 시대를 말한 것이므로, 단군조선 시대라는 것은 맥족이 조선에 온 당요唐堯 오십 년부터 상무제 팔 년 경까지이다. 즉 비농업 맥족의 시대라 칭한 것이다.

조선에서 유명한 단군은 단군조선의 말기(상무제 팔년 경) 평안도 땅에 맥족 대집단을 이끈 농업 단군을 가리킨 것이므로 이 단군은 조선 농업의 신이 되었다. 교토京都제국대학 문학부가 발간한 『사림史林』이라는 책 안에서 장태염章太炎26)이라는 학자는 단군은 조선 신라국의 천자라고 할 수 있다는 점, 일본 역사의 스사노오노미코토가 신라 '소시모리' 땅을 가리켜 한향韓鄕의 땅이라고 주장하고 이소타케루노미코토五十猛命27)를 데리고 춘천의 단군 신라 우두리(牛頭里, 소시모리) 땅으로 돌아가신 것을 나타냄으로써 명백히 춘천에 단군 신라국이 있었다는 것을 인정할 수 있다고 했다. 이는 동시에 종래 신라라고 했으므로 경주 신라인지 춘천 신라인지 판명되지 않았지만, 이로써 춘천 신라국이라는 것이 명백해진 것이다.

또한 단군왕검이 과연 스사노오노미코토였는지에 관해서는 우리 『일본기日本紀』에 '스사노오노미코토素戔嗚尊가 그 아들 이소타케루노카미五十猛神를 데리고 신라국에 내려와 소시모리曾尸茂梨라는 곳에 계셨다. 곧 말씀하시기를 이 땅에 내가 있기를 원치 않는다고

---

26) 장병린(章炳麟, 1869~1936년). 중국의 학자이자 혁명가. 자는 매숙(枚叔)이고 태염(太炎)은 호 타이완을 거쳐 일본으로 망명하기도 하였으며 언어학에도 탁월한 업적.
27) 이소타케루노카미(五十猛神)라고도 하고, 스사노오노미코토의 아들로 일컬어짐. 수많은 나무의 씨앗을 가지고 신라에 내려왔다고 함.

하여 마침내 식토埴土로 배를 만들어 타고 동쪽으로 건너가 이즈모 出雲 지방의 히簸 강 상류에 있는 도리카미노미네鳥上之峯 산에 이르렀다'[28]고 되어 있어서 춘천의 우두리가 신라의 '소시모리'라는 것을 인정하고 있다. 우두는 소실머리라고 말하다 소머리로 발음이 변화한 것이라고 하며 '우牛'는 'so'라고 읽고 '두頭'는 'mori'라고 읽은 것이 곧 우두이므로, 우두산성이 스사노오노미코토가 귀임하신 신라의 '소시모리'라고 하는 것에 의해 춘천을 신라의 땅이라고 인정하는 것이다. 스사노오노미코토를 우두천황이라고 부르는 것은 춘천 소시모리 즉 우두산 아래의 우두리에 계시는 천황이라 불렀기 때문이다.

그러나 여기에는 이설도 있다. 바로 가나자와 쇼사부로金澤庄三郎[29] 박사의 일선동조론으로, 우두는 『사기史記』에 우수주牛首州라는 지명으로 『동국여지승람』 권42 및 권46에 의하면 다음과 같다는 것이다.

우수주는 강원도 춘천부에 해당한다. 우수주는 우선 우두주라는 강원도 춘천 지방이어야 한다는 것에는 이론이 없지만 이 우

---

28) 이 내용이 『니혼쇼키(日本書紀)』에 '素盞嗚尊、師其子五十猛命、降到於新羅國、居曾尸茂梨之處、乃興言曰、此地吾不欲居、遂以埴土作舟、乘之東渡、到出雲國簸川上所在、鳥上之峯'라 기재됨.

29) 가나자와 쇼사부로(金澤庄三郎, 1872~1967년). 언어학자. 오사카(大阪) 출신. 도쿄대학 언어학과 졸업. 서양의 언어학설을 소개하고 조선어와 일본어 비교연구로 두 언어가 동계통임을 주장. 저서에 『일한양국어 동계론(日韓兩國語同系論)』, 『일본문법 신론(日本文法新論)』 등, 일본어 사전도 편집.

두를 소시모리라고 훈독했다는 증거를 찾기 어렵다. 춘천부는 원래 맥국 신라 선덕왕 6년 우두주라고 했고 문무왕 13년 수약주首若州(혹은 수차약首次若)라 칭했으며 경덕왕 때 삭주朔州라 고쳤다고 한다. 무릇 옛날의 지명 개칭의 동기는 대부분 구칭을 보존하면서 이를 두 글자의 더 좋은 이름으로 고치는 데에 있다. 따라서 수약주를 삭주라 한 것은 두 음을 잘라 한 음으로 줄인 것, 우두주를 수약주로 한 것은 우두가 원래 산봉우리의 형태를 말한 것이므로 sochai(소재, 즉 소 봉우리라는 뜻)라는 음을 수차야(su-cha-ya)라는 세 음으로 옮기고, 또 이것을 수약이라는 두 글자로 줄인 것이다. 우잠군牛岑郡 혹은 수지의首知衣라고 되어 있는 것도 이와 마찬가지로 수지의(su-chi-ui)는 sochai(소재, 소 봉우리)의 음역音譯이다. 이 땅은 황해도 해주 부근으로 언문 최초의 가집인 『용비어천가』 권1에는 이를 해주 우현牛峴이라고 기록하고 언문으로 so-chai라고 풀었다. 요컨대 우두, 우수라는 지명은 모두 소시모리라고 훈독한 예를 발견할 수 없었다. 따라서 소시모리는 신라의 도읍, 즉 지금의 경상도 경주 땅에 해당하는 것이다.

라며 부정하였는데 내가 하는 이 가요 연구에서는 큰 문제가 되지 않으므로, 여기에서는 그저 이러한 설이 있다는 정도에 그치기로 한다.(미완)

[부기] 전호의 「서설」은 옛날 원고를 그대로 제출한 것이어서 정정해야 할 것이나 탈락 부분이 있기도 하므로 사소한 정정 정도로는 해결되지 않을 것이라 후일에 정정 발표를 하고자 한다.

— 『眞人』第八卷第二號, 眞人社, 1930.2.

조선 가요의 전개 3

• 이치야마 모리오市山盛雄 •

상고신화시대 2

우두산을 황왕皇王의 발상지라고 하는 전설에 이르기를

우두는 옛날 황왕 발상의 위대한 땅이다. 산 정상에는 오래된
묘가 있는데 혹자는 삼한 이전의 오래된 무덤이라 전하고 혹자
는 일본 왕자의 소슬한 무덤이라 전한다. 산 위에 성터가 있었다
고 하나 세월이 오래되어 바람에 갈리고 비에 씻겨 지금은 볼 수
가 없다.

牛頭者、往昔皇王發祥之大地也、山頂有古墓、或傳三韓以前古塚、或傳
日本王子蕭瑟之塚、山上雖有城趾、因年久風磨雨洗今不見之。

라고 되어 있다. 황왕 발상의 위대한 땅이란 맥국의 왕인 단군 왕
검이 동남방 황천국30)을 멸하고 이를 병합하여 단군 신라神羅국을
건설한 왕성의 땅일 것이다. 분묘에 관해서는 오카노岡野 박사의 발

굴조사에 따라 치총置塚³¹⁾이라는 것이 알려져 단군신라왕 왕검은 이 왕성터를 분묘의 예정지로 한 것으로 보인다. 일본 왕자 소슬의 무덤이라고 칭한 것은 어쩌면 이소타케루노미코토五十猛命의 분묘 예정지로 정한 땅일 것이다. 단군 신라 왕검은 천맥인을 데리고 단바丹波의 마나이眞名井에 와서 아마테라스오미카미天照大御神³²⁾를 받들어 맥족 사람들로 하여금 오곡의 씨앗을 봉헌하고 또한 농경의 기술을 전해 드렸으므로, 아마테라스오미카미에게는 일본은 갈대가 풍요로운 곳이었는데 싱싱한 벼이삭의 나라가 되었으므로 도요아시하라豊葦原의 미즈호瑞穂³³⁾ 나라라고 말씀하셨다. 그래서 단군과 형제의 약속을 맺고 이때 스사須佐에 있었으므로 스사노오노미코토라고 명명하신 것이다. 이즈모出雲에서 최후를 맞아 구마나리미네熊成峰³⁴⁾에 분묘를 두었으며, 이소타케루노미코토는 기이紀伊³⁵⁾에서 최후를 맞고 이다키소伊太祈曾 신사³⁶⁾에 제사되었으므로

---

30) 원문은 '夜見の國'라 되어 있으며 '요미(よみ)'라는 읽기는 黃泉, 즉 죽은 자의 세계를 말함.
31) 묏자리를 미리 잡아 표적을 묻어서 무덤 모양으로 만들어 두었다가 만드는 무덤.
32) 일본신화의 주신(主神)이 되는 여신으로 태양신. 일본 황실의 조신(祖神)으로서 이세 신궁(伊勢神宮)의 내궁에 제사되어 있으며 아오히루메무치(大日孁貴)라고도 함.
33) 도요아시하라는 풍요한 갈대 들판, 미즈호는 싱싱한 벼이삭을 의미하여 일본의 미칭(美称)으로 사용.
34) 이곳의 위치에 관해서는 조선의 지명, 이즈모(出雲)의 구마노(熊野), 기이(紀伊)의 구마노라는 세 설.
35) 지금의 와카야마 현(和歌山縣) 전역과 미에 현(三重縣) 일부에 해당하는 지역의 옛이름.
36) 와카야마 현 와카야마 시에 있는 신사로 나무의 신이라 일컬어지는 이타케루노미코토를 모신 신사.

78

이 땅에 치총이 있었으나 결국 진정한 분묘가 되지 않았을 것이다.

또한 아베 씨는 소시모리蘇志摩利라는 곳과 관련하여 단군과 스사노오노미코토의 동일인설을 논하고 있다. 그것은 일본에 전래되는 아악 고려악(맥악) 중에 「소시모리」라는 곡목이 있고, 그 맥악이라는 것이 인도악과 더불어 일본으로 전래되었으며 지금은 황실의 식악式樂으로서 존중되고 있다. 그 곡목은 「신토리소新鳥蘇」, 「고토리소古鳥蘇」, 「다이소토쿠退宿德」, 「신소토쿠進宿德」, 「고마보코狛鉾」, 「시키테志岐傳」, 「기토쿠貴德」, 「아야키리綾切」, 「오닌테이皇仁庭」, 「구로하세崑崙八仙」, 「린가林歌」, 「나소리納蘇利」, 「조보라쿠長保樂」, 「세키센라쿠石川樂」, 「신마카新鞨鞨」, 「호힌白濱」, 「고토쿠라쿠胡德樂」, 「지큐地久」, 「도텐라쿠登天樂」, 「엔기라쿠延喜樂」, 「고초胡蝶」, 「닌나라쿠仁和樂」, 「간스이라쿠酣醉樂」[37])와 더불어 「소시모리」 등의 무악(당악唐樂, 맥악貊樂의 춤)이 이것이다. 그리고 「소시모리」 곡이라는 것은 단군이 신라의 왕성인 우두산 아래에 있는 우두리의 민가를 순시할 때 갑작스럽게 비가 내려 민가에 비를 피하러 들어가는 정경을 후대 사람들이 무악으로 만든 것이므로, 단군은 명백하게 우두산성의 단군 신라 왕도에 있었다는 것을 추정할 수 있다. 그런데 일본의 땅에 옛날부터 전해지는 「소시모리」 곡을 보면, 다마키 마사히데玉木正英[38])가 『진다이노마키모시오구사神代卷藻塩草』[39)에서 말하

---

37) 이상은 일본에 전하는 아악(雅樂), 무악(舞樂)의 곡목으로 원문의 石鳥蘇, 貊鉾, 天仁庭은 각각 古鳥蘇, 狛鉾, 皇仁庭의 오식이라 고침.
38) 다마키 마사히데(玉木正英, 1670~1736년). 에도(江戶)시대의 신도가(神道家). 교토(京都) 사람으로 많은 문인을 두었으며 신도 행사를 추가하고 비전(秘伝) 등의 조

기를

『와묘쇼和名抄』[40])의 고려악 곡목 중에 「소시모리」라는 것이
있다. 지금 이 춤의 그림을 보니 삿갓, 도롱이를 입고 허리를 구
부린 모습이다. 어쩌면 스사노오노미코토가 쫓기실 때 비바람이
심하여 삿갓, 도롱이를 입고 신고를 겪으며 신라를 향하시던 모
습일 것이다.

라고 되어 있다. 가와무라 히데네河村秀根[41])는 『슈게集解』[42])에서

『레이겐쇼禮儀源抄』의 「무용」부에서 이르고 「소시마蘇志麻」에
기술하기를 '특별한 차림새를 하고 삿갓과 도롱이를 입고 춤을
춘다. 다른 이름으로 소시마리蘇志麻利라고도 한다. 이 춤은 가물
었을 때 비를 청하기 위한 춤으로 반드시 그 대답이 있었다. 按
盍[43]) 스사노오노미코토의 장狀에 오미우지大神氏가 곧 스사노오
노미코토의 후예이다'라고 전하는 내용이 있다.

직화를 도모함. 원문의 正木正英는 오식.

39) 다마키가 저술한 『니혼쇼키(日本書紀)』의 주석서.

40) 『와묘루이주쇼(和名類聚鈔)』를 칭하는 말로 10세기에 성립한 일본어 한어(漢語) 사
전.

41) 가와무라 히데네(河村秀根, 1723~1792년). 에도시대의 국학자(國學者). 나고야(名古
屋) 출신으로 에도시대 『니혼쇼키』 연구의 최고봉으로 일컬어지는 『쇼키슈게(書記
集解)』를 약 20년에 걸쳐 간행.

42) 가와무라 히데네와 그 아들 마스네(益根)가 저술한 30권에 이르는 『니혼쇼키』 주
석서.

43) 원문에 이 두 글자가 있으나 의미 미상.

라고 했다.

이 소시마라는 이름이 소시모리曾尸茂利라는 지명에 음이 가까워 연고가 있는 것처럼 보이며 또한 스사노오노미코토의 장狀이란 『니혼쇼키日本書紀』[44)의 「하늘 석굴天石窟」이라는 단段 제삼第三의 일서一書에 '제신들이 스사노오노미코토에게 분노하여 곧 모두 같이 추방해 버렸다. 그때 장맛비가 내렸다. 스사노오노미코토는 푸른 풀을 엮어 도롱이와 삿갓을 만들었고 여러 신들에게 비를 피할 집을 구했다. 여러 신들은 "너의 소행이 더러워 추방이 된 것인데 어찌 우리에게 숙소를 청하는가"라며 내쫓고 이를 거부했다. 이렇게 비바람은 몹시 심했지만 머물러 쉬지도 못하고 내려갔다諸神慎素盞嗚尊 ─ 乃共逐降去, 于時霖也, 素盞嗚尊結束青草以爲蓑笠而乞宿於衆神, 衆神曰汝是躬行濁惡而見逐謫者, 如何乞宿於我, 逐而距之, 是以風雨雖甚, 不留休而辛苦降矣'라고 되어 있으므로 이에 따라 언급되는 등 외국 신화 취향으로 전해지는 일이 어떻게 있을 수 있는지 신기하다.

다케우치 시게쓰구建內繁繼[45)가 『야사카사 구기집록八阪社舊記集錄』[46)에 이르기를 그 춤에 관하여 '어쩌면 스사노오노미코토가 낙랑樂浪 국 사람에게 논밭을 경영하고 경작과 추수를 가르치신 예를

---

44) 720년에 성립한 역사서로 신대(神代)부터 지토(持統) 천황까지를 편년체로 기록하였으며 일본 최초의 정사(正史)로 간주됨.
45) 원래 옛날 기온사(祇園社)의 마지막 신사의 업무를 담당한 집행(執行) 기노아손 시게쓰구(記朝臣繁繼). 1868년 환속하여 다케우치 성을 칭하였고 이후 신불 분리의 사조 속에서 신도에서 불교색을 배제.
46) 원문에는 『八阪旧記集錄』이라 되어 있어 '社'가 탈자. 야사카(八坂) 신사가 1870년 출판한 신사 기록.

따라야 한다. 범엽范曄이 『후한서後漢書』에 후직后稷의 제사는 춤추는 자들이 가교전家教田[47]) 있는 것과 같다고 한 뜻을 생각해야 한다. 다이조사이大嘗祭[48])의 제식에 사巳의 날 다지히多治比 씨 주전무奏田儛라고 되어 있는 것도 경작과 추수를 중시하신 뜻이다'라고 하지만, 스사노오노미코토가 낙랑 사람에게 경작과 추수를 가르치셨다는 것은 황국皇國 신화에도 없는 일로 근거가 없는 상상이라고 되어 있다.

이상에 열거한 것처럼 일본의 스사노오노미코토와 농경에 관한 춤의 상태를 각자 보는 바에 따라 드러내고 있는데, 원래 『니혼쇼키』의 스사노오노미코토의 기사는 맥악 「소시모리」 곡을 골자로 하여 스사노오노미코토가 네노쿠니根之國 하하노쿠니妣國로 돌아가는 상황에 끼워맞춘 것인데, 소시모리 곡은 조선에서 전래된 아악, 맥악이므로 단군 왕검이 우두산 아래(소시모리)의 민가를 순시할 때 갑자기 비를 만나 도롱이 삿갓을 쓴 상태를 곡으로 만든 조선의 단군 신라의 사건이라는 것을, 『니혼쇼키』는 한향韓鄉 땅으로 돌아가는 스사노오노미코토의 상태에 맞춘 것은, 단군 왕검과 스사노오노미코토가 동일인이라는 전설을 숨기고 일부러 이것을 스사노오노미코토의 기사로 만든 것이다. 그 상황은 단군 왕검이 우두산 아래 우두리를 순시하는 맥악에서 나온 것이므로 이 소시모리 곡무에

---

47) 의미 미상.
48) 천황 즉위 후 처음 행하는 신조사이(新嘗祭), 즉 새로운 곡식을 천지신명에게 바치고 먹는 제의(祭儀).

의하더라도 명백히 단군 신라국왕인 단군 왕검과 스사노오노미코토가 동일인이라는 것을 인정할 수 있다는 논설이다.

어쨌든 단군을 후세의 날조로 보고 중국 문헌에 그 전래가 없다는 것을 이유로 말살되었다. 앞서 말한 조선 유일의 역사가인 최남선 씨의 실재설에 따르든, 실적 조사를 근거로 역설되고 있는 아베 다쓰노스케 씨의 연구에 따르든, 단군을 역사적으로 하나의 몽롱한 실체라고 할 수는 없을 것이다. 특히 이왕조에서는 조선인 전체의 시조로서 단군을 제사하기에 이른다. 『태조실록』에는 '조선 단군은 동방에서 처음으로 생명을 부여받은 주인이고 기 씨는 처음으로 교화를 준 군주이다. 평양부를 적합한 때에 제사를 지내게 할 것이다. 운운'이라고 기록되어 있다.

이제까지 나는 이 조선가요 연구에 그다지 필요도 없다고 여겨지는 단군설의 예증을 너무 많이 쓴 셈인데, 단군이 실존 인물이며 더구나 스사노오노미코토와 동일인이라는 하는 점에 흥미를 느꼈다. 즉 스사노오노미코토가 이즈모出雲 지방의 히簸 강 상류의 도리가미鳥髮 땅에 내려와 구시나다히메櫛名田姬와 혼인하고 스가須賀의 궁을 지으셨을 때 읊으신 노래

구름이 솟는 이즈모出雲 몇 겹의 담 아내 숨기러 여러 겹을 둘러서 놓은 그 팔중八重 담을.

夜句茂多菟 伊弩毛夜覇餓岐 菟磨語昧爾 夜覇餓枳都俱盧 贈酒夜覇餓岐廻.

가 있다. 원래 이것은 훨씬 후세에 대보령大寶令이 제정될 무렵 고대의 사적을 읊은 노래가 만들어지고 이것이 어느 샌가 역사적 사실처럼 여겨져 버렸다고 하는 설도 있는데, 보통 일반적으로는 와카和歌의 시작이라고 여겨지며 작자는 스사노오노미코토를 노래의 신歌神이라고 숭앙까지 하게 되었다. 그 스사노오노미코토가 이 맥족 단군 왕검이 되는 셈이다.

또 한편으로 지금으로부터 약 삼천 년 전에 중국 주나라 시절 은나라 기자箕子가 조선 땅으로 피했다는 고사古史가 전해진다. 소위 단군 조선 후의 기자 조선이 이것이다. 기자는 중국 은왕조 종실로 주왕紂王의 대사大師가 되고 공자에 의해 삼인三仁의 한 명으로 일컬어지며 중국인들의 이상적 성현으로서 존경받는 인물이다. 이 사람은 기나라에 봉해져 자작이 되었고 그래서 보통 기자라고 칭하므로 기자는 그 성씨가 아니다. 그 성씨는 자子라고 하며 이름은 서여胥餘라고도 기록되고 수유須臾라고도 기록되어 있다. 주왕은 유명한 폭군이었다. 왕의 음일淫佚이 나날이 심해져 어느 날 상아젓가락을 만드는 것을 보고, 기자가 '왕이 풍요와 욕심을 구하면 천하가 어찌 되겠는가'라고 한 적이 있을 정도로 여러 번 간언했지만 듣지 않았고 마침내 미치광이인 척하다 노비가 되었다. 서기 1122년 전 주나라 무왕은 병사를 일으켜 주왕을 공격하여 멸망케 하고 주나라 천하가 되자마자 백이伯夷, 숙제叔齊가 수양산에서 아사한 것과 마찬가지로, 기자도 또한 주나라의 곡식을 먹지 않겠다고 하여 무리 오천 명을 이끌고 주나라를 떠나 먼 곳의 요새 밖으로 달려나가 조선 땅으로 와서 건국했다는 것이다. 이것이 기록된 최고의 문헌은 『사기史記』의 「송세가宋世家」(한나라 사마천 제)로 지금으로부터 약 이천 년 전의 일이다. 그러나 기자가 조선에 왔다는 설은 극히 애매한데, 『사기』에서 말하기로는 기자가 동래하자마자 중국 사람들이 이에 따르는 자 오천, 시서예악詩書禮樂, 의무은양복서醫巫隱陽卜筮,[49] 백공기예百工技藝하는 자들이 모두 따랐고 이미 말은 통역하지 않아도 알았다고 한다.

또 이르기를 기자는 백성에게 예악을 가르치고 팔조八條의 규약을 시행하며 날이 감에 따라 백성들이 스스로 교화함으로써 중국의 풍을 이루니 이렇게 기자의 자손들이 이어지기를 사십 대, 비조에 이르러서는 진나라에 복속되었지만 그 자손 준準은 연나라 사람 위만衛滿에게 쫓겨 좌우 관인들과 더불어 배를 타고 멀리 남쪽 마한으로 달렸다. 이것이 지금으로부터 이천백 이십 년 전이라고 한다. 위만은 스스로 조선의 왕이라 칭하고 이후 그는 세력을 경기, 충청, 강원, 평안 방면으로 확대하는 한편 한나라 요동 태수와 약속을 맺고 외신外臣이 되어 변방 밖의 여러 종족을 진압할 것을 맹세했지만, 그 손자 우거右渠 대에 이르러 한나라와 교통을 단절하는 등의 조치가 많았으므로 마침내 무제 때문에 멸망했다. 위 씨가 여기에 이르러 대략 삼 세대, 팔십 여 년이었다. 때는 서기 백팔십 년

---

49) 의무(醫巫)는 의약과 기도를 가리키며 신내림을 받아 사람을 치료하는 것을 말하고, 복서(卜筮)는 길흉을 점치는 것을 말하나, 은양(隱陽)이 가리키는 바는 미상. 일단 음양(陰陽)의 오식으로 추측.

전 한나라 원봉元封 3년(기원전 108년)의 일로 일본의 가이카開化천황 50년에 해당한다.

　이상이 단군 조선, 기자 조선, 위만 조선으로 소위 신화 시대이다. 따라서 가요에 관한 자료는 아무것도 없는 셈이다. 다만 여기에서 조선 가요의 모태는 단군 시대 맥족 계통에 의한 점과 기자 시대 한족의 세력에 의해 중국 문화에 자극을 받은 두 흐름이 있었다고 할 수 있을 것이다.(미완)

—『眞人』第八卷第三號, 眞人社, 1930.3.

조선 가요의 전개 4

●이치야마 모리오市山盛雄●

삼국 정립鼎立 시대 1

향가 발달의 자취 1

가요 중 문헌 기록에 드러난 가장 오래된 것은 『고악부 고금주古樂府古今注』에 고조선시대(고구려 초기라는 설도 있음)의 사공 곽리자고霍里子高의 아내인 여옥麗玉의 작이라 하는 「공후인箜篌引」의 역문譯文에 '그대여 강 건너지 마오公無渡河, 그대여 강 건너지 마오公無渡河, 물에 빠져 죽으면墮河則死, 그대를 어이할꼬將奈公何'라고 기록되어 있으며 『삼국사기』에는 고구려 제2대 유리명왕이 이궁離宮을 골천鶻川에 짓고 곧 왕비 송씨가 죽었으므로 유리왕은 다시 골천 여인인 화희禾姬와 한나라 여인인 치희雉姬를 맞아 계실로 삼았다. 두 여인이 총애받기를 다투는 것에 곤혹스러워 동서로 궁을 두 채 지어 별거시켰는데, 어느 날 유리왕이 사냥을 하러 기산箕山으로 가서 칠일

동안 돌아오지 않던 중에 두 여인이 서로 싸워 화희는 치희를 향해 '너는 한漢 가문의 비첩이다, 어찌 무례하기가 짝이 없느냐'라고 욕하였으므로 치희는 너무도 분노하여 궁을 버리고 도망가 버렸다. 유리왕이 이를 듣고 크게 놀라 말에 채찍질을 하며 뒤를 쫓았지만 치희는 화를 내며 돌아오지 않았다. 유리왕은 나무 아래에서 쉬며 꾀꼬리가 날아드는 것을 보고 치희를 추억하며 「황조가黃鳥歌」 한 편을 지어 불렀다.

> 펄펄 나는 저 꾀꼬리翩翩黃鳥 암수 서로 정답구나雌雄相依
> 외롭구나 이내 몸은念我之獨 뉘와 함께 돌아갈꼬誰其與歸.

이것은 기원전 19~기원후 17년 사이의 작품으로 『삼국사기』에 실려 있다. 그러나 한시형으로 써 있기 때문에 본래의 노래 형태를 알 수 없는 것은 유감인데, 연모의 정이 절절히 다가온다. 국왕의 영탄이라는 점에서 너무도 상대上代의 소박한 순정이 절실하게 가슴을 치지 않는가? 실로 감정이 가득 차서 넘치는 아름다운 노래라 생각한다.

신라의 제3대 유리 이사금 5년(서기 28년)에는 왕이 국내를 순행할 때 한 노파가 추위와 배고픔에 곧 죽을 지경이 된 것을 보고 '내가 세상을 똑바로 보지 못하는 몸으로 왕위에 앉아, 백성을 먹여 살리지도 못하고, 노인과 어린이로 하여금 이토록 극한 상황에 이르게 하였으니, 이는 나의 죄이다予以眇身居上 不能養民 使老幼 至於此極 是予

之罪也'라며 옷을 벗어 입히고 음식을 주었다. 그리고 사무관들에게 명하여 홀로 사는 사람들, 늙고 병든 사람들, 곤궁한 사람들을 모아 급양給養하였다. 이로써 이웃나라 백성들이 듣고 찾아오는 이들이 많았고 이 때문에 민속이 기뻐하고 편안해졌으며, 처음으로「도솔가兜率歌」를 지었으며 이것이 가악歌樂의 시작이 되었다고 전해진다. 그러나 그 가사는 전하지 않으므로 내용을 알 수 없지만 왕의 성덕을 기리고 민중의 기쁨과 편안함을 노래한 것이리라 여겨진다. 왕은 또한 9년(서기 32년) 봄에 육부六部, 즉 알천양산촌閼川楊山村, 돌산고허촌突山高墟村, 취산진지촌觜山珍支村, 무산대수촌茂山大樹村, 금산가리촌金山加利村, 명활산고야촌明活山高耶村의 이름을 고쳐 이, 최, 손, 정, 배, 설이라는 성을 주었는데 이를 둘로 나누어 왕녀로 하여금 각 부 안의 여자들을 이끌고 편을 짜고 패를 나누어 가을 7월 16일부터 매일 일찍 큰 부部의 마당에 모여 삼을 짓고 을야乙夜[50]에 파하는 것이다. 그리고 8월 15일에 이르러 그 공이 많고 적음을 따져 패자는 술과 음식을 놓고 승자에게 사례를 하는 것이다. 그리고 가무와 백희百戱를 벌였는데 이를 가배嘉俳라고 한다. 이때 진 가문의 여자가 한 명 일어나 춤추며 탄식하기를 '회소회소會蘇會蘇'라 말했다. 그 소리가 적잖이 슬프고 우아하여 후인後人들이 그 소리로 모방하여 노래를 만들어「회소곡會蘇曲」이라 칭했다고 한다.

진흥왕은 음악을 좋아하여 12년(서기 551년) 봄 정월에 개국開國으

---

50) 오야(五夜)의 하나로 밤 10시 경을 이르고 이경(二更)이라고도 함.

로 개원하고 3월 차랑성次娘城을 순시하며 우륵于勒 및 그 제자 니문지尼文知의 음악을 듣고 크게 기뻐하며 특별히 그들을 불러 하림궁河臨宮에 머물며 그 음악을 연주하게 했으므로 두 사람은 각각 새 노래를 만들어 연주했다. 13년(서기 552년)에 왕은 계고階古, 법지法知, 만덕萬德 세 사람으로 하여금 우륵 곁에서 배우게 했다. 우륵은 그 사람들이 잘 하는 바를 헤아려 개고에게는 가야금, 법지에게는 노래, 만덕에게는 춤을 가르쳤는데, 그 재주가 거의 우륵을 능가하게 되었다. 이보다 먼저 가야국 가실왕嘉悉王 십이현금十二絃琴을 만들고 12월의 율律을 본떠 즉시 우륵에게 명하여 열두 곡을 만들게 한 적이 있는데, 그 나라가 어지러워졌으므로 우륵은 악기를 가지고 진흥왕에게로 와서 투항한 것이다. 진흥왕은 이것을 국원國原, 충주에 안치했다. 계고 등 세 사람에게 이미 열한 곡을 전달했는데 '이것은 번잡하고 음란하다, 따라서 우아한 곡으로 할 수 없다'는 이유로 축약하여 다섯 곡을 만들었다. 우륵은 처음에 이를 듣고 화를 냈지만 그 다섯 종의 음악을 듣더니 눈물을 흘리고 감탄하며 말했다.

"즐겁지만 나태함으로 흐르지 않으며, 애절하지만 슬프지 않으니 올바르다 할만하다. 너희들은 이것을 왕 앞에서 연주하라."
고 했으므로 왕도 이를 듣고 크게 기뻐했다.

신하들이 간하여 아뢰기를 '이는 가야 망국의 소리이니 취하기에 부족하다'고 했다. 그러나 왕은 '가야왕의 음란함과 학정이 스스로를 멸했는데 음악에 무슨 죄가 있느냐'며 결국 이를 하게 하였다. 이 가야금에는 두 곡이 있는데, 하나를 하림조河臨調, 하나를 눈죽조嫩竹調라고 한다. 모두 185곡이다. 우륵이 만든 십이곡이란 첫째는 「하가라도下加羅都」, 둘째는 「상가라도上加羅都」, 셋째는 「보기寶伎」, 넷째는 「달기達己」, 다섯째는 「사물思勿」, 여섯째는 「물혜勿慧」, 일곱째는 「하기물下奇物」, 여덟째는 「사자기獅子伎」, 아홉째는 「거열居烈」, 열째는 「사팔혜沙八兮」, 열한째는 「이사爾赦」, 열두째는 「상기물上奇物」51)이라고 하며 가야금 형태가 쟁箏과 닮았다고 한다.

이로 미루어 생각하면 이 나라의 가요 문학의 맹아 시대로 이미 상당히 심오했다는 것을 알 수 있는데 문헌이 유실된 것은 참으로 천추의 한이라 하겠다.(미완)

—『眞人』第八卷第四號, 眞人社, 1930.4.

---

51) 「하가라도」는 함안군, 신라 법흥왕 때의 아라가야군이라는 지역을 일컬으며, 「상가라도」는 고령군, 신라 진흥왕 때의 대가야군 지역. 「보기」는 농환, 즉 공놀이를 말하고, 「달기」는 다인현으로 본래 달기현이라 하였으며, 「사물」 역시 사물현, 「물혜」는 마리현, 「하기물」은 개령군, 옛 감문소국으로 본래는 금물현 지역을 일컫으며, 「사자기」란 사자춤, 거열은 거창, 「사팔혜」는 팔혜현으로 본래는 초팔혜현이었으나 그 뒤에 초혜현이 됨. 「이사」의 '사(赦)'자가 지칭하는 것을 알 수 없어 미상이고 「상기물」은 금물현을 말함.

조선 가요의 전개 5

●이치야마 모리오市山盛雄●

삼국 정립鼎立 시대 2

향가 발달의 자취 2

여기에 와자우타技歌52)로서 실로 창해의 유주遺珠라고도 할 수 있는 한 길의 광명을 주는 것이 『삼국유사』 및 『균여전』에 의해 전해지는 스물 다섯 수의 향가이다. 그러나 이 향가는 상당히 난해한 것이기 때문에 결국 오늘날까지 일반 사학자들에게서 묵살된 것이었다. 조선에서 현재 사용되는 언문諺文은 지금보다 겨우 5세기 전에 제작된 것으로 그 이전에는 대저 언어를 기재할 국유 문자라는 것이 없었던 까닭에 한자 도래 이후 국유 문자를 기재하는 방법은 한자로 방음方音을 쓰는 대용 가차자假借字였다. 일본의 만요가나万

---

52) 한자로는 보통 '謠歌', '童謠'를 쓰는 경우가 많으며, 정치상 풍자나 사회적 사건을 예언하는 의미가 더해지며 민중들이나 아이들 사이에 유행하는 작자를 알 수 없는 노래.

葉仮名53)와 비슷한 것인데, 하지만 이 시대의 방언차자법方言借字法
은 몹시도 난잡한 것으로 아직 만요가나 정도까지도 정돈되지 않
았다. 그래서 한자의 여러 종류의 어음과 신라 시대의 토속어를 이
해하지 못하면 해석할 수 없는 것이다. 이 방언차자법은 신라 신문
왕 시대의 이름난 유학자인 설총의 제안이라 전한다. 『삼국유사』(권
4) 「원효불기元曉不羈」의 條에 설총에 관한 것을 기록하여 '설총은
나면서부터 지혜롭고 민첩하였으며聰生而睿敏 경서와 역사에 널리
통달했다博通經史. 신라십현 중 으뜸이다新羅十賢中一也. 반언으로 글
과 학문을 풀어 읽으니以方言訓解文學 배우는 자들이 지금도 이를 이
어 끊이지 않는다學者至今傳受不絶'라 되어 있다.

　향가는 주로 신라 것이며 기록에 남아 있는 것은 거의 삼국통일
시대의 것들뿐이다. 이 향가는 완전히 향토 특유의 소산이며 제사
에도, 기도에도, 군주의 훈계에도, 사당이나 절의 낙공 축하에도 사
용되었다. 물론 처음에는 소박하고 진정성이 있으며 기교보다는 노
래로 부르는 것이었으리라고 여겨지지만, 제24대 진흥왕 시대에
'화랑'이라는 것에 의해 한층 표현형식을 중시하게 되었다. 『균여
전』에는 사뇌가詞腦歌라고 칭할 정도였으므로 꽤 어려운 것이었으
리라 보인다.

　'화랑'은 진흥왕이 백부인 법흥왕의 뜻을 따라 부처를 모시고 널

---

53) 일본어를 표기하기 위해 표음문자로서 6세기부터 이용한 한자를 말하며 주로 『만
요슈』에 사용되어서 이러한 이름이 붙음. 음을 이용하거나 훈을 차용하는 등의 방
식이 있음.

리 불사를 흥륭시키며 수많은 비구와 비구니들을 두었다. 또한 천성적으로 멋이 풍부하고 신선을 숭앙하며 민가에서 아름다운 아가씨를 뽑아 원화요原花要로 삼고, 무리를 모아 그에 효제충신의 도리 또한 이상적 나라의 대요를 가르치기로 했다. 그리고 우선 남모南毛랑과 준정俊貞[54]랑 두 원화를 선발하여 삼사백 명의 무리를 모아 드디어 가르침을 열기로 했는데, 준정은 남모의 인기를 시기하여 어느 날 남모에게 술대접을 하고 술을 아주 많이 권하여 취하게 한 뒤 몰래 끌어내어 북천北川에서 돌을 쌓아서 묻어 죽이고 말았다. 그것도 모르는 많은 무리들은 남모랑의 행방불명을 슬퍼하고 뿔뿔이 흩어져 버리게 되었는데, 그 소식을 상세히 알고 있던 어떤 사람이 참살의 상황을 한 노래로 만들어 이를 시정의 아이들에게 부르게 했다. 그 노래를 들은 무리들이 북천으로 가서 시신을 찾아내고, 준정랑을 죽여 그 복수를 했다.

이 흉악한 사건 때문에 원화제를 두는 것은 한 때 폐지되었는데, 몇 년 후에 이르러 왕은 다시 나라 흥륭의 요체를 기르기 위해서는 무엇보다 우선 풍월도로써 일반의 덕성 함양에 진력해야 한다는 것을 깨닫고, 이번에는 여자 대신 좋은 가문의 남자들 중 덕행 있는 자들을 화랑이라는 이름으로 채용하기로 하여, 우선 설원랑薛原郎을 받들어 국선國仙으로 삼았다. 이것이 화랑 국선의 시작이다. 이를 기념하기 위해 특별히 명주溟州에 비석을 하나 세웠다. 이 화

---

54) 원문에는 기정(岐貞). 준정은 교정(姣貞)이라는 이름까지는 확인되나 기정은 이치야마의 오해로 보임.

랑을 마련하고 이후 풍속이 자연스럽게 바뀌어 악을 멀리하고 선을 가까이 하며 상경하순上敬下順, 오상육예五常六藝, 풍교風敎의 화육化育이 널리 세상에 이루어졌다. 이와 같은 기사가 『삼국사기』에도 있다.

또한 『삼국사기』에는 김대문의 「화랑세기花郎世記」에서 이르기를

'어진 재상과 충성스러운 신하가賢佐忠臣 여기에서 나왔고從此而秀 훌륭한 장수와 용감한 병사도良將勇卒 여기에서 생겼다由是而生'

고 하였고, 최치원의 「난랑비서鸞郎碑序」에는

'나라에 현묘한 도가 있어國有玄妙之道 이를 풍류라 한다曰風流. 설교의 근원이設敎之源 선사에 상세히 있으니備詳仙史 실로 삼교를 포함하여實內包含三敎 접하는 모든 생명을 감화시킨다接化群生. 이를테면 이는 곧 집에 들어와서는 효도하고且如入則孝於家 나가서는 나라에 충성하는 것은出則忠於國 공자가 가르치신 뜻이요魯司寇之旨也. 매사에 무위로 대하고處無爲之事 말없는 가르침을 행함은行不言之敎 노자의 뜻이요周柱史之宗也. 악한 일을 하지 말고諸惡莫作 모든 선행을 받들어 하는 것은諸善奉行 석가모니의 교화라竺乾太子之化也.'

고 되어 있다. 또한

'풍모가 수려하고風標淸秀 지기가 방정하므로志氣方正 그때 사람들이 화랑으로 삼아 받들기를 청하니時人請奉爲花郞 마지 못해 응했다不得已爲之.'55)

고 한 것을 보면 당시 화랑이라는 사람들은 가장 걸출한 인물들로 얼마나 중인들의 선망의 대상이 되었던가를 알 수 있다.

어쨌든 화랑의 전성시대였다. 따라서 향가의 발달도 현저히 진보하고 향가를 잘 하는 사람은 그것만으로 스승으로서 생활할 수 있었던 것으로 보인다. 특히 『삼국사기』에는

'신라 진성왕 2년新羅眞聖王二年 왕이 평소 이벌찬 김위홍과 통정하였는데王素與角干魏弘通 일이 이에 이르자 그는 늘 궁에 들어와 정사에 관여했다至是常入內用事. 누차 명하여 대구화상과 함께 글을 다듬어 향가집을 만들게 했는데仍命與大矩和尙修集鄕歌 이를 삼대목이라 하였다謂之三代目.'

는 기사가 있다. 즉 『삼대목』이라는 것이 일본의 『만요슈』와 같은 가집으로 편집되기에까지 이른 것이다. 얼마나 향가가 융성했는지 상상할 수 있을 것이다.

『삼국사기』 권제32에는 다음과 같이 기록되어 있다.

「회악會樂」 및 「신열악辛熱樂」은 유리왕 때 만들었다. 「돌아악突阿

---

55) 『삼국사기』에서 신라 화랑 사다함(斯多含)에 관해 언급한 내용을 인용함.

樂」은 탈해왕脫解王 때의 작이고, 「지아악枝兒樂」은 파사왕婆娑王 때의 작, 「사내악思內樂」(일설에 시뇌詩惱의 작)은 내해왕奈解王 때의 작, 「가무笳舞」는 내밀왕奈密王 때의 작, 「우식악憂息樂」은 눌지왕訥祗王 때의 작, 「대악碓樂」은 자비왕慈悲王 때의 사람인 백결百結 선생의 작이다. 「간인竿引」은 지대로왕智大路王 때 사람인 천상욱개자川上郁皆子가 만든 것이다. 「미지악美知樂」은 법흥왕 때의 작, 「도령가徒領歌」는 진흥왕 때의 작, 「날현인捺絃引」은 진평왕 때 사람 담수淡水의 작, 「사내기물악思內奇物樂」은 원랑도原郎徒의 작, 「내지內知」는 일상군日上郡의 음악이며, 「백실白實」은 압량군押梁郡의 음악이며, 「덕사내德思內」는 하서군河西郡의 음악이며, 「석남사내도石南思內道」는 동벌군同伐郡의 음악이며, 「사중祀中」은 북외군北隈郡의 음악으로, 이들은 모두 향인鄕人들이 기쁘고 즐거웠을 때 만든 것이다.

그러나 곡성과 악기의 수 및 가무의 형태는 후세에 전하지 않는다. 다만 『고기古記』에 이르기를 "정명왕政明王 9년(서기 689년)에 왕이 신촌新村에 행차하여 큰 술잔치를 베풀고 음악을 연주하였다. 가무笳舞에는 감독이 여섯 명, 가척笳尺에는 두 명, 무척舞尺에는 한 명, 하신열무下辛熱舞에는 감독이 네 명, 금척琴尺이 한 명, 무척이 두 명, 가척이 세 명,56) 사내무思內舞에는 감독이 세 명, 금척이 한 명, 무척이 두 명, 가척이 두 명, 한기무韓岐舞에는 감독이 세 명, 금척이 한 명, 무척이 두 명, 상신열무上辛熱舞에는 감독이 세 명, 금척이

---

56) 원문의 한자의 오탈자는 『삼국사기』 원문대로 수정하였는데, 이 부분의 원문에는 무척, 가척이 각 한 명이라고 인원수가 다르게 되어 있음.

한 명, 무척이 두 명, 가척이 두 명, 소경무小京舞에는 감독이 세 명, 금척이 한 명, 무척이 한 명, 가척이 세 명, 미지무美知舞에는 감독이 네 명, 금척이 한 명, 무척이 두 명이었다. 애장왕哀莊王 8년(서기 807년)에 음악을 연주하는데 처음으로 사내금思內琴을 연주하였다. 무척 네 명은 푸른 옷을 입었으며, 금척 한 명은 붉은 옷, 가척 다섯 명은 채색 옷을 입고 수놓은 부채를 들고 또한 금을 새겨 넣은 띠를 하고 다음으로 대금무碓琴舞를 연주하였다.57) 무척은 붉은 옷, 금척은 푸른 옷을 입었다" 이렇게만 기록되어 있을 뿐 그 상세한 바는 알 수가 없다. 신라 시대에 악공樂工58)들은 모두 척尺이라고 했다. 최치원의 시에 「향악잡영鄕樂雜詠」 다섯 수가 있으므로 이제 여기에 기록한다.

금환金丸

몸을 돌리고 팔 휘두르며 금구슬을 희롱하니廻身掉臂弄金丸
달 흐르고 별 떠올라 눈에 가득 차누나月轉星浮滿眼看
의좋은 친구 있다한들 어찌 이보다 더 나으랴?縱有宜僚那勝此
넓은 바다 파도조차 잠잠해짐을 바로 알겠구나定知鯨海息波瀾

---

57) 미지무(美知舞)부터 여기까지의 원문 내용이 『삼국사기』와 다른데, 원문에는 '미지무(美知舞)에는 감독이 네 명, 금척이 한 명, 무척이 두 명이었다. 애장왕(哀莊王) 8년(서기 807)에 음악을 연주하는데 처음으로 사내금(思內琴)을 연주하였다. 무척 네 명은 푸른 옷을 입었으며, 금척 한 명은'이 이치야마가 인용 시 누락한 것으로 보고 보완하였음.

58) 원문에는 '악왕(樂王)'은 오식으로 판단.

월전月顚

솟은 어깨 움추린 목 머리털 높이 치켜세우고肩高項縮髮崔嵬
팔을 걷은 뭇 사내들 술잔을 주거니 받거니攘臂群儒鬪酒盃
노래 소리 듣고서 사람들 모두 웃는데聽得歌聲人盡笑
밤에 꼭두 세운 깃발이 새벽을 재촉하누나夜頭旗幟曉頭催

대면大面

황금빛 얼굴 그 사람이黃金面色是其人
손에 구슬 달린 채찍 들고 귀신을 부리네手抱珠鞭役鬼神
빠른 걸음 조용한 모습으로 맵시나게 춤을 추니疾步徐趨呈雅舞
붉은 봉새가 요나라 때 봄철에 춤추는 것 같구나宛如丹鳳舞堯春

속독束毒

엉킨 머리 쪽빛 얼굴이라 사람 같지 않은데蓬頭藍面異人間
떼를 지어 뜰에 나와 난새 춤을 배우네押隊來庭學舞鸞
북은 둥둥 울리고 바람 솔솔 부는데打鼓冬冬風瑟瑟
이리 저리 뛰고 내달아 끝이 없구나南奔北躍也無端

산예狻猊

머나먼 길 걷고 걸어 사막을 지나오니遠涉流沙萬里來
털가죽은 헤어지고 먼지가 쌓였는데毛衣破盡着塵埃
흔드는 머리 살랑거리는 꼬리에 어진 모습 배었는데搖頭掉尾馴仁德
웅장한 기상 정녕 온 짐승 재주를 아우른 것 같구나雄氣寧同百獸才

라고 기재되어 있다. 가사는 모두 전하지 않으니 신라의 가사에 대한 전술全述인 셈이다.

『고려사』의 71권 「악지樂志」2에 삼국속악三國俗樂이라 칭하여

　　동경東京, 동경東京, 목주木州, 여나산余那山, 장한성長漢城, 이견
　대利見臺

등 여섯 곡목을 들고 있다. 이러한 귀중한 기록들도 전혀 전하지 않으며 겨우 『삼국유사』 및 『균여전』에 기적적으로 남은 스물다섯 수의 향가가 있을 뿐이다. 최근 경성제국대학의 오구라 신페이小倉進平[59] 박사가 이 향가의 독해를 완성하셨다는 것이 실로 감사하기 짝이 없는 비이다.(미완)

— 『眞人』第八卷第五號, 眞人社, 1930.5.

---

59) 오구라 신페이(小倉進平, 1882~1944년). 언어학자. 센다이(仙台) 출생으로 도쿄대학을 졸업하고 1910년 한국으로 건너와 한국어 연구. 1926년 경성제국대학 설립 당시 교수가 되며 1933년에는 도쿄대학 교수를 겸함. 향가, 이두, 방언 연구 등 한국어학의 기초적 학문 체계를 확립하는 데에 진력함.

조선 가요의 전개 6

•이치야마 모리오市山盛雄•

삼국 정립 시대 3

향가란 앞에서도 말한 것처럼 신라 시대의 향토 고유의 노래로 예로부터 향가라 칭해지던 것이다. 『삼국사기』의 '누차 명하여 대구화상과 함께 글을 다듬어 향가집을 만들게 했는데仍命與大矩和尙修集鄕歌 이를 삼대목이라 하였다謂之三代目'는 기사나 『삼국유사』의 '승려 영재는 성품이 익살스럽고釋永才性滑稽 재물에 얽매이지 않았으며不累於物 향가를 잘했다善鄕歌', '향가를 짓는다 해도 좋다雖用鄕歌可也'거나, '향가를 지어 제사했다作鄕歌祭之'60) 등의 표현이 나오며, 『균여전』에도 '무릇 이처럼夫如是 곧 여덟아홉 행의 당나라 글자로 쓴 서문은 則八九行之唐序 뜻이 넓고 글이 풍부하며義廣文豊 열한 수의 향가十一首之鄕歌 가사가 맑고 어구가 곱다詞淸句麗 그 지어진

---

60) 각각 「우적가」, 「도솔가」, 「제망매가」의 관련 어구.

것을其爲作也 사뇌라고 부른다號稱詞腦’고 쓰인 것을 보면 분명하다.

향가라는 명칭은 한시에 대비된 말이며 곧 향토에서 태어난 노래라는 의미로 이름 지어진 것이리라.『삼국유사』에 ‘또 우리 말로 왕을 마립간이라 칭한 것이又鄕稱王爲麻立干者 이 왕 때부터 시작된 것이다自此王始’, ‘알지는 우리말로 어린 아이를 뜻한다閼智卽鄕言小兒之稱也’, ‘우리말로 승려를 지칭한다鄕言之稱僧也’ 등의 표현이 있고, 『고려사』에도 ‘악관 두 사람이 북과 북받침을 마주 들고樂官二人奉鼓及臺 궁전 안에 설치하니置於殿中 여러 기녀가 정읍사를 노래하고諸妓歌井邑詞 악관이 그 곡을 연주한다樂官奏其曲 운운’이라고 된 것을 보더라도 자기 나라를 가리켜 ‘향鄕’이라 하고 자기 나라의 고유 가요에 대해 향가라고 한 것 같다. 이 향가가 원형 그대로 남겨진 것은『삼국유사』에 수록된 열네 수와『균여전』에 수록된 열한 수, 합계 스물다섯 수인 것이다.

『삼국유사』는『삼국사기』와 더불어 조선 유일의 역사 서술 문헌으로 고려 국존國尊 조계종曹溪宗 가지산하迦知山下의 인각사麟角寺 지주 원경충조圓經沖照 대선사大禪師 일연一然이 편찬한 것으로 서기 1206~89년, 일본으로 치면 가마쿠라鎌倉 시대의 사람인데 신라 당시에 노래된 상당히 오래 전 시절부터의 향가를 기재하고 있다. 『균여전』은『대화엄수좌원통양중대사大華嚴首座圓通兩重大師 균여전均如傳』이라고 되어 있다. 이 책이 발견된 것은 최근으로 금천의 독학篤學자 아리가 게이타로有賀啓太郎[61] 씨가 해인사의 불서 중에서 발견한 것을 그의 저서『사십칠사원四十七祠院』의 부록으로서 발행한 것이다. 필자도 그 귀중한 문헌의 산일을 걱정하여 원문의 복각에 번역문을 첨부하여 오백 부를 간행한 적이 있다.[62] 내용은,

초初, 강탄영험분降誕靈驗分	이二, 출가청익분出家請益分
삼三, 자매제현분姉妹齊賢分	사四, 입의정종분立義定宗分
오五, 해석제장분解釋諸章分	육六, 감통신이분感通神異分
칠七, 가행화세분歌行化世分	팔八, 역가현덕분譯歌現德分
구九, 감응항마분感應降魔分	십十, 변역생사분變易生死分

의 열 부분으로 나뉘어 서술하고 있다. 균여대사의 생존중의 행적을 서술한 것으로 향가에 관한 기사는 제칠 「가행화세분」과 제팔 「역가현덕분」에 나온다. 이 책의 향가 제작의 동기는 세상 사람들에게 이해하기 쉬운 속어를 이용하여 노래를 짓고, 항상 이것을 독송하게 하여 불교의 철학적 이론을 납득시키고자 시도된 것이다. 그리고 이 향가들은 일반인들의 입에 회자되어 병을 낫게 하는 주문으로까지 사용되었다. 전 진사進士 혁련정赫連挺이라는 사람의 서문에 따르면 이 책의 저작 연대는 함옹咸雍 11년, 즉 고려 문동 29년, 서기 1075년에 해당하므로 『삼국유사』보다 일찍 찬술된 것인데, 균여대사는 원래 서기 973년, 즉 원융제圓融帝 천연天延 원년에 죽은 사람이므로 이미 일본의 후지와라藤原 시대[63]에 상당한다. 따

---

61) 경북 금천의 군수를 하던 아리가가 1921년 간행한 것에서 비롯되었다고 함.
62) 이치야마 모리오의 『균여전』 복각 및 번역본 출간은 『진인』 제6권 제11호(1928년 11월 간행)에도 전면광고가 있음.

라서 향가 제작 시대로서는 『삼국유사』의 향가보다도 후대의 것이
되는 셈이다.

『삼국유사』에 수록된 향가는 다음 열네 수이다.

득오곡모랑가得烏谷慕郎歌	노인헌화가老人獻花歌
안민가安民歌	찬기파랑가讚耆婆郎歌
처용가處容歌	서동동요薯童童謠
맹아득안가盲兒得眼歌	양지사석良志使錫
광덕엄장廣德嚴莊	월명사도솔가月明師兜率歌
월명사위망매영제가爲亡妹營齊歌	융천사혜성가融天師彗星歌
신충백수가信忠柏樹歌	영재우적永才遇賊[64]

또한 『균여전』에 수록된 것은 다음의 열한 수이다.

예경제불가禮敬諸佛歌	칭찬여래가稱讚如來歌	광수공양가廣修供養歌
참회업장가懺悔業障歌	수희공덕가隨喜功德歌	청전법륜가請轉法輪歌
청불주세가請佛住世歌	상수불학가常隨佛學歌	항순중생가恒順衆生歌
보개회향가普皆廻向歌	총결무진가總結無盡歌	

(미완)

— 『眞人』 第八卷第六號, 眞人社, 1930.6.

---

63) 일본 문화사에서 사용되는 시대구분으로 9세기 말부터 국풍(國風) 문화가 융성한
시기를 일컬음.

64) 원문의 한자 오식, 오탈자, 중복자 등은 수정함. 각 제목은 '모죽지랑가', '헌화가',
'안민가', '찬기파랑가', '처용가', '서동요', '도천수관음가', '풍요', '원앙생가',
'도솔가', '제망매가', '혜성가', '원가', '우적가' 등으로 더 잘 알려져 있으나 이치
아마는 경성제국대학 오구라 신페이에 의한 제명을 따름.

조선 가요의 전개 7

• 이치야마 모리오市山盛雄 •

삼국 정립 시대 4

『삼국유사』 소재 향가 1

모죽지랑가慕竹旨郎歌

가는 봄은 이미 다 지나버려去隱春皆林米 모든 것이 서러이 울고 시름하는데毛冬居叱沙哭屋尸以憂音 어디를 좋아하시어阿冬音乃叱好支賜 烏隱 아름다운 모습이 나이를 드러내고 져 가는구나貌史年數就音墮支 行齊 눈에 뿌연 연기 멀리 보이는 곳에目煙廻於尸七史伊衣 만나 뵙고 싶소逢烏支惡知作乎下是 낭이여 그리운 마음이郎也慕理尸心未 가는 길 은行乎尸道尸 쑥 무성한 항간에 잠들 밤이 있으리오蓬次叱巷中宿尸夜音 有叱下是.65)

---

65) 모죽지랑가의 양주동 해독은 '간봄 그리매/모든 것사 우리 시름/아롬 나토샤온 즈

봄은 지나고 모든 것은 울며 시름한다. 어디를 좋아하시어 이렇게도 모습, 나이를 오늘을 끝이라 완전히 져 버리고 가시는가. 깊고 어두운 저 먼 경계에서 만나 뵙고 싶구나. 낭이여, 내가 낭을 연모하는 마음에 나의 울적한 집에서 설핏 잠들 밤도 없을 것이오.

주석

이 노래는 죽지랑의 제자 오곡烏谷이라는 자가 그 스승 죽지랑을 연모하여 노래한 것이다. 사모의 정이 절실한 바가 있다. 죽지랑에 관하여 『삼국유사』에는 제32대 효소왕孝昭王 대에 죽만랑(일설에 죽지라고 한다)의 제자에 득오급간得烏級干이라는 사람이 있었다. 매일 출근했는데 어느 때인가 며칠이나 얼굴을 보이지 않았으므로 그 어머니를 불러 상황을 물었다. 어머니가 말하기를 '당전幢典(신라의 군직) 모량부牟梁部의 익선아간益宣阿干이 부산富山의 성城 창고로 가라고 해서 즉시 그곳으로 달려갔는데 서두르느라 낭께 알릴 여유가 없었다'고 했다. 낭은 '그렇구나, 그대 아들이 만약 사적인 일로 그리 갔다면 특별히 찾아갈 필요도 없지만, 공무 때문이라고 하면 내버려 둘 수 없다'고 설병舌餅 한 합合, 술 한 항缸을 노복들에게 들려

시/살○디니져/눈 돌칠 수이예/맞보옵디지쇼리/郞이야 그릴 ᄆᅀᆞᆷ미녀올 길/다봇 ᄆᆞ술히 잘 밤 이시리(간 봄 그리매/모든것사 설이 시름하는데/아름다움 나타내신 얼굴이/주름살을 지니려 하옵내다/눈 돌이킬 사이에나마/만나뵙도록(기회를)지으리이다. /郞이여, 그릴 마음의 녀올 길이/다북쑥 우거진 마을에 잘 밤이 있으리이까'와 같다.

부산성을 향했다. 이때 낭의 무리 137명이 따랐다.

 그리고 일동이 부산 성에 도착한 다음 득오가 있는 곳을 여기저기 찾아다녔다. 어떤 사람이 익선의 밭에 있지만 지금은 예例에 따라 관청을 향하고 있다고 했으므로, 낭은 밭으로 돌아가 득오가 돌아오기를 기다리다가 술과 떡을 꺼내 이를 대접하고, 익선에게서 휴가를 얻어 함께 돌아가려고 했는데, 익선이 허락하지 않았다. 이때 마침 사리使吏 간진侃珍이라는 사람이 추화군推火郡의 연공미 삼십 석을 거두어 성안으로 수송하는 도중에 이 역시 익선 때문에 억류되어 통과하지 못하고 있었다. 마침내 쌀 삼십 석을 인도하면서까지 간곡히 해금을 부탁했으나, 그래도 들어주지 않았으므로 마침내 진절사지珍節舍知66)의 기마 및 안장까지도 던지고 겨우 허락을 받았다. 이 익선의 횡포가 조정 화주花主의 귀에 들어가 사람을 보내 체포하여 그 더럽고 추함을 씻어내고자 했지만, 그는 눈치를 채고 도망쳤다. 게다가 화주의 장자까지 유괴하여 어디론가 모습을 감추었는데, 곧 성 안의 연못에서 동사한 두 사람의 시해를 발견했다.

 대왕은 익선의 흉악함에 분노한 나머지 칙명을 내려 모량리 출신으로 관리가 된 사람은 모조리 면직했다. 그리고 마을 사람 전체의 인권마저 박탈하고 승려와 같은 사람들은 종고사鍾皷寺 안으로 들지 못하게 했다. 이때 원측圓測법사라는 해동 제일의 고덕한 승려

---

66) 오식의 가능성이 높으나 원문에서는 간진, 진절사지의 한자에 '진(珍)' 대신 '새(璽)'자를 쓰고 있음.

가 있었는데 모량리 사람이라고 하여 승직도 받지 못하고 있었다. 이 때 술종공述宗公이라는 삭주朔州의 도독사가 그 부임지로 향하는 도중에 삼천 기마 무사들에게 호위를 받아 죽지령竹旨嶺을 넘고 있었다. 그때 한 거사가 열심히 산길을 평평히 하는 것을 보고 몹시도 그 마음의 특별함을 탄미했는데, 거사도 또한 공의 위세가 심히 남다른 것을 좋게 여기어 한 점의 영적인 번뜩임이 진작 두 사람 사이에 감통했다.

공이 부임지에 귀착하고 하루가 지난 후 어느 밤 그때 고개 위에서 우연히 만난 거사가 꿈에 방안으로 들어오는 것을 보았다. 그것이 공뿐 아니라 일가족 모두 같은 꿈을 꾼 것이라 너무도 이상해 사람을 보내 거사의 안부를 묻게 하였는데, 그 사람이 명을 받들어 답하를 거사는 며칠 전에 죽었다는 것이다. 더구나 그때가 공이 꿈을 꾼 것과 같은 날이었다. 이를 들은 공은 '거사는 틀림없이 우리 집에 다시 태어날 것이다'라고 했고, 또한 사람들을 보내 거사의 유해는 죽지령 위의 북봉에 장사지내게 하고, 돌미륵을 하나 만들어 그 무덤 앞에 세웠다. 그런데 아내는 꿈을 꾼 날부터 임신이 되어 달이 차 사내아이를 낳았다. 거사의 인연으로 이름을 죽지라고 지었다. 장차 커서 관리로 나아가고 거듭 출세하여 김유신 공과 함께 부수副帥가 되어 삼한을 통일하고, 또한 진덕, 태종, 문무, 신문 네 왕을 거치며 재상 자리에 앉아 성실히 나라를 안정시켰다는 내용이 기록되어 있다.

생각건대 죽지랑은 당시 상당한 고덕 원만한 인격자였을 것이다.

이 노래는 지나치게 정돈되어 있어서 기교적으로 구상된 것이 아닐까 하는 의문이 생기지만, 옛사람의 소박한 정감이 넘치고 비통함을 잘 표현하였다. 여기에는 순정으로 일관한 다감한 청년 득오공을 그릴 수 있어 흥미롭다.

노인헌화가 老人獻花歌

붉은 바위 끝에 끄는 손에서 소를 놓게 하시고紫布岩乎希執音乎手母 牛放教遣 나를 싫어하시지 않으신다면吾肹不喩慚肹伊賜等 꽃을 꺾어서 바치려 합니다花肹折叱可獻乎理音如.[67)

의역

붉은 바위의 언저리에 암소를 풀어놓고, 나를 싫어하시지 않는 다면, 내가 꽃을 꺾어 바치겠습니다.

주석

신라 성덕왕 시대에 순정공純貞公은 강릉의 태수가 되어 부임하던 도중 어느 바닷가에서 점심을 먹었다. 마침 그 옆에 높이가 천 장丈에나 이르는 석봉이 병풍을 세운 듯 바다에 임해 있다. 그 산의 꼭대기에 한창 철쭉꽃이 흐드러지게 피어 있다. 공의 부인 수로는 그 꽃의 아름다움에 누군가 한 가지를 꺾어오라고 좌우를 돌아보았지만, 날개가 없고서는 오를 수 없는 천 길의 돌산, 아무도 부인을 위해 꽃을 꺾는 역을 하겠다는 자가 없다. 거기에 한 노옹이 암소를 끌고 지나갔다. 노인은 부인에게 쉬운 일이라며 곧바로 꽃을 꺾어 한 수의 가사歌詞마저 덧붙여 부인에게 바치고 그대로 다시

---

67) 헌화가의 양주동 해독은 '딛배 바회곶희 / 자ᄇ온손 암쇼 노희시고 / 나ᄒᆞᆯ 안디 붓흐리샤ᄃᆞᆫ / 곶ᄒᆞᆯ 것가 받ᄌᆞ오리이다'.

소를 끌고 어디론가 가 버렸다. 이 노인은 이 해변 사람들도 전혀 본 적이 없는 이상한 사람이었다. 그 노래가 바로 이것이다.

정공 일행은 그로부터 또 이틀 길을 더 가 다시 해안에 있는 정자에서 점심을 먹고 있는데 해룡 한 마리가 홀연히 부인을 데리고 바다로 숨었다. 부인을 빼앗긴 정공의 경악과 비통함은 차마 볼 수 없을 정도였다. 그저 망연히 생각에 잠겨 있자 다시 한 노인이 공의 옆으로 다가와 '옛 사람 말에도 중인들의 입은 쇠도 녹인다고 하니, 지금 바다 안의 짐승도 반드시 여러 사람의 입을 두려워할 것이 틀림없으므로 우선 이 지역 내의 중인들을 모아 노래를 만들어 부르게 하고 또한 나뭇가지로 언덕을 친다면 부인은 무사히 돌아오실 것입니다'라고 하였다. 정공은 어쨌든 이 노인의 충언에 따라 노래를 만들어 중인들의 입으로 부르게 했다. 과연 노인이 말한 대로 용이 부인을 보내 무사히 바다 위로 떠올랐다. 부인은 바다 안의 모양을 상세히 말했다. 그 말에 따르면 칠보의 궁전이 처마를 길게 잇고, 음식이 달고 부드러우며 향이 깨끗하여 인간계의 불을 통과시킨 음식이 아니라고 했다. 또한 이 부인의 옷에서는 이 세상에서는 알 수 없는 이상한 향기가 발산됐다. 수로부인이 너무도 미인이었기 때문에 깊은 산 큰 연못을 지날 때마다 몇 번인가 신물들에게 납치되는 일을 겪었다. 부인을 위해 중인들이 부른 노래는

龜乎龜乎出水路 掠人婦女罪何極 汝若悖逆不出獻 入綱捕掠燔之喫

거북아 거북아 수로를 내놓아라. 남의 부인 빼앗다니 괘씸하
기 짝이 없구나. 네가 만약 결국 수로를 내놓지 않으면, 그물로
잡아 구워 먹으리.

라고 하는 것이다. 노인헌화가에는 이러한 전설이 달려 있고 작자
는 환상의 예언자와 같은 노인으로 보이므로 이 노래 또한 요령부
득이라 단순히 전설 안의 노래로서 존재 가치를 인정할 정도일 것
이다.

[부기] 본고의 향가 해석은 오구라 박사의 「향가 및 이두 연구」에 의해 주
석 중의 번역문은 조선연구학회의 발표문에 따르는 것으로 했다.

— 『眞人』 第八卷第九號, 眞人社, 1930.9.

조선 가요의 전개 8

● 이치야마 모리오市山盛雄 ●

삼국 정립 시대 5

『삼국유사』 수록 향가 2

안민가安民歌

임금은 아버지君隱父也 신하는 사랑하실 어머니臣隱愛賜尸母史也 백성은 날뛰는 아이民焉狂尸恨阿孩라고 하시고서야古爲賜尸知 백성은 사랑을 알리民是愛尸知古如 다스림의 중요한 것을窟理叱大肹 삶으로써 지탱하는 것은 먹게 함으로써 다스려지며生以支所音物生此肹喰惡支治良羅 이 땅을此地肹 버리고 어디로 가려고 해도捨遣只於冬是去於丁 정치를 하는 나라에 분노하고爲尸知國惡支持以 지지하네支知古如 (후구後句) 임금답고 신하답고 백성답게君如臣多支民隱如 한다면 나라에 태평이 많으리爲內尸等焉國惡太平恨音叱如.68)

임금은 아버지다. 신하는 자애를 베푸는 어머니다. 나라의 신하가 날뛰는 아이라고 가련히 여겨야 비로소 백성들은 사랑을 느끼게 된다. 정치에 생기를 드러내는 자도 백성을 먹이고서야 정치를할 수 있다. 백성은 어디에 가려고 해도 나라에 붙어 삶을 유지한다. (후구) 임금은 임금, 신하는 신하, 백성은 백성답고서야 나라는 태평을 누릴 수 있다.

경덕왕을 위해 충담사忠談師가 지은 것인데, 이 노래의 전설은 왕이 어느 해 3월 3일에 교정문皎正門 누상에서 좌우를 둘러보고 '너희들 중 누구라도 좋으니 차림새가 좋은 승려 한 명을 데리고 와라'고 했다. 이때 엄숙한 몸가짐을 하고 깨끗한 차림의 일대 덕승을 길에서 발견하고 그를 데리고 앞에 나섰다. 왕은 한 눈에 보고 '내가 말한 승려의 차림새는 이런 것이 아니다'고 돌려보냈다. 그 다음에 길에서 발견한 한 승려는 기운 옷을 두르고 등에 벗나무로 만든 통을 지고 있었는데, 이것이 마음에 드시어 부르셨다. 짊어진 통 안에는 다기가 담겨 있었다. 이름이 무엇이고 또 어디에서 왔는가 물으니 승려는 '빈승의 이름은 충담이라고 합니다, 매월 삼과

---

68) 님검은 아비야/알바단 둧오실 어시야/일거언 얼흔 아히고/ᄒ실디 일건이 둧올 알고다/窟理(구리, 理窟)○ 한흘 살이기 숌 物生(갓살, 生物이)/이흘 자압 다솔아라/이다흘 ᄇ리곡 어둘이 니거ᅳ뎌/홀디 나라아기 디니이기 알고다/後句(아야, 後句) 님검답 알바단답 일건답/ᄒ놀ᄃ언 나라악 太平ᄒ음짜 (양희철 해독)

구가 겹치는 날에는 반드시 남산 삼화령의 미륵 세존께 차를 바칩니다, 오늘은 달 3일로 삼이 겹치는 날에 해당합니다, 지금도 심원하는 바를 차를 바치고 기도하고 돌아오는 길입니다' 왕은 기특히 여기는 마음이 컸다. 왕도 한 잔 차대접을 받고 싶다고 말씀하셨으므로 충담은 선뜻 준비를 즉시 하고 차를 끓여 왕에게 바쳤다. 왕이 이를 마시니 그 기운과 맛이 이상하며 잔 안에 이상한 향기가 마구 오르는 것이었다.

왕은 '내가 일찍이 스님께서 지었다고 하는 찬기파랑가를 들은 적이 있는데, 그 뜻이 상당히 고원高遠하다고 하던데, 정말로 스님 작이오?'라고 물으시니 승려는 '말씀하신 대로 빈승의 작입니다'라고 대답했다. 왕은 '그렇다면 짐을 위해 안민가를 만들어 주오'라고 청하셨다. 충담은 이를 쾌락하고 그 자리에서 붓을 들고 가사를 썼다. 왕은 이를 아주 가작이라고 하며 왕의 스승에 봉하려고 했지만, 명리를 멀리하는 충담은 그 뜻에 깊이 감사하고 왕의 스승이 되기를 사퇴했다는 것이다. 그때의 작이 바로 이 안민가이며, 너무도 이치가 정연하여 고승으로서의 모습이 잘 그려진다. 사상이 혼란하여 본말을 잊고 어디로 갈지 모르는 현대인들에게 나는 이 안민가를 두 번 세 번 독송하기를 권한다.

후구後句라고 되어 있는 것은 일본의 조카長歌69)에 대한 답가와 같은 것으로 향가가 완전히 형식의 예술이라는 것을 추정할 수 있다.

---

69) 와카(和歌) 중에서 5・7음이 3회 이상 연속되고 마지막이 7음으로 끝나는 긴 노래.

찬기파랑가讚耆婆郎歌

밀어 열고서咽烏爾處米 드러나 밝은 해가露曉邪隱月羅理 흰 구름을 쫓아내고白雲音逐于浮 옮겨가는 곳은 어디인가去隱安支下 모래 기슭을 찌르는 물가에沙是八陵隱汀理也中 기랑의 모습을 깃들이고耆郎矣兒史是 史藪邪 빠른 흐름의 자갈들판에逸烏川理叱磧惡希 낭이 지니신 모습 멈추어 계시는郎也持以支如賜烏隱 마음의 끝을 따라가고자 하네心未際叱 肹逐內良齊 (아야阿耶) 잣나무의 가지가 높이 솟아栢史叱枝次高支好 눈도 모르는 화판이여雲是毛冬乃乎尸花判也[70]

의역

밝은 해가 하늘에 높이 드러나 흰 구름을 쫓고 어디로 옮겨가는가, 예전 낭이 백사장 물가에 모습을 드러내고 빠른 흐름의 자갈밭에 머무르신 그때의 마음 끝을 연모하노라 (아야) 잣나무 가지 하늘 높이 솟아 눈도 모르는 화판花判이로구나.

주석

경덕왕과 충담사의 문답에 찬기파랑가의 말은 자신이 지었다고 되어 있으므로 같은 충담사의 작일 것이다. 구름의 흐름에 무정함을 느끼고, 과거의 모습을 환기시켜 그리워하는 고대인의 소박한

---

70) 찬기파랑가에 대해 양주동은 '열치매 낟호얀 ᄃ리 흰구름 조추 ᄶᅥ가는 안디하 새 파론 나리여히 기랑의 즈시 이슈라 일로 나릿 집벼히 낭이 디니다샤온 ᄆᅀᅵᆷ미 ᄀᆞ 홅 좇누아져 아으 잣가지 놉허 서리 몯 누올 花判이여'라 해석함.

표현에 감동을 받게 된다. 아야는 후구라는 말과 비슷한 역할을 지닌다. 어쨌든 향가의 형식에 관해서는 후장에서 서술하기로 한다.

조선의 묘에는 소나무가 많이 심어져 있다. 그 소나무가 하늘에 높이 솟아 있다. 그리고 둥글게 솟은 흙묘 위에는 눈이 새하얗게 쌓여 있다. 하지만 화판은 깊은 잠에서 깨어나려고도 하지 않는다는 말일 것이다. 화판이란 화랑이라는 설이 있다. 화랑에 관해서는 이미 향가의 설명 부분에서 서술했으므로 참조하기 바란다. (미완)

—『眞人』第九卷第三號, 眞人社, 1931.3.

조선 가요의 전개 9

● 이치야마 모리오市山盛雄 ●

삼국 정립 시대 6

『삼국유사』 수록 향가 3

처용가處容歌

서라벌 밝은 달에東京明期月良 밤에 이르기까지 놀고夜入伊遊行如可
들어와 침소를 보니入良沙寢矣見昆 다리는 네 개인데脚烏伊四是良羅 둘
은 내 것이고二肹隱吾下於叱古 둘은 누구의 것인가二肹隱誰支下焉古 아
래 것은 내 것인데本矣吾下是如馬於隱 빼앗으려 하는 것을 어떻게 해
야 하나奪叱良乙何如爲理古.71)

---

71) 처용가에 대한 양주동의 해독은 '시볼 불긔 ᄃ래/밤드리 노니다가/드러ᅀᅡ 자리 보
곤/가ᄅ리 네히어라./둘흔 내해엇고/둘흔 뉘해언고/본ᄃᆡ 내해다마ᄅᆞᆫ/아ᅀᅡ놀 엇디ᄒ
릿고.'와 같음.

오늘밤 서라벌 달 밝은데 밤새 놀다가 침소로 들어가니 다리는
네 개더라, 둘은 내 것이지만 둘은 누구 것인가, 아래 있는 것은 내
것이지만 지금 앗아가려 하니 어찌 할까.

신라 제 사십구 헌강대왕 대에는 왕국이 가장 부유하였고 시골
끝자락에 이르기까지 모조리 기와를 얹은 가옥들만 있고 초가집이
라는 것은 거의 없었으며, 그것에 익숙해진 일반 국민들은 그저 향
락적으로 그날 그날을 보내며 악기와 노랫소리가 길가에 끊이지
않았다. 거기에 날씨는 닷새에 한 번씩 바람이 불고 열흘에 한 번
씩 비가 오는 식으로 순조로워 오곡이 풍요로웠다. 이 난숙한 황금
시대에 대왕은 어느 하루 개운포開雲浦에 행락을 나섰는데, 그 날
해질 무렵의 귀로에서 갑자기 천지가 어두워지고 길조차도 보이지
않게 되었다. 그래서 일관日官을 불러 이 날씨의 변화를 점치게 했
다. 그래서 이것은 동해에 사는 용왕의 저주이고, 무언가 훌륭한
일을 하여 이 저주를 털어버려야 한다고 하므로 왕은 유사有司에게
명하여 용왕을 위해 한 절을 건립한다는 것을 그 지역에 포고하였
다. 그러자 이상하게도 구름이 걷히고 안개가 흩어지며 하늘은 원
래의 청명함을 회복하였다. 동해 용왕은 기뻐한 나머지 일곱 아들
을 데리고 왕의 가마 앞에 나타나 왕의 위덕을 칭송하고 기쁨의 춤
을 추며 음악을 연주했다. 돌아가면서 그 아들 하나를 머물게 하며

왕정을 보좌하게 했다. 왕은 이 용왕의 아들을 처랑處郎이라 명명하고 미녀를 아내로 맞게 하였으며, 또한 그 뜻을 묶어 두고자 급간級干이라는 직을 내렸다. 그러던 중에 어떤 역병의 신이 낭의 아내의 미모에 모반을 일으켜 어느 날 밤 사람이 없는 틈을 타 그 규방으로 숨어들었다. 그것도 모른 처랑은 밤이 늦어 돌아와 보니 뜻밖에도 한 사람이어야 할 침실에 두 그림자가 보였는데, 낭은 이를 책망하지 않았다. 도리어 그 자리에서 한 가사를 노래하여 그 베개 맡을 뛰어 넘어 살짝 그 방을 나와 버렸다. 그 역신도 이 관용에 완전히 감복하여 그 본래의 추악하고 기괴한 역병신의 모습이 되어 낭의 발아래에 엎드려 사죄하고 빌며 말했다. '공의 아내의 미모에 분수에도 맞지 않는 모반을 일으켜 송구한 짓을 저질러 버렸습니다. 그런데도 공은 그 죄를 탓하지 않고 도리어 찬미의 가사를 내리셨습니다. 앞으로는 반드시 근신하고 두 번 다시 못된 짓은 하지 않겠습니다. 그것만이 아니라 공의 그림이 걸려 있는 집에는 결단코 발을 들이지 않겠습니다'라고 약속했다.

이러한 유래로 각 집에 처랑의 그림을 그 문 앞에 걸어 안 좋은 일을 피하고 경사를 나아가 맞는 주술의 부적으로 삼았다. 오늘날 조선인들 사이에 정월 14일 밤에 짚인형을 길가에 버리고 액을 떼어낸다는 풍습이 있는데, 이 풍습은 처용의 전설에서 변화한 것이라고 전해진다. 이 이야기는 당시부터 미화되어 공공 자리에서의 무악 등에도 연기되는 것인 듯하며, 이조 시대의 초엽까지도 전해졌다. 즉 이 가사가 그때 노래한 처용의 노래라는 것이다. 또한

『삼국유사』의 이 처용랑의 항목에 왕이 이 용왕을 위해 한 절을 창립하고 이름을 망해사望海寺 또는 신방사新房寺라고 했다. 그 후 포석정에 행차하실 때는 남산의 산신이 앞에 나타나 춤을 추었다. 그러나 그것은 왕 눈에만 보이고 수행한 사람들에게는 보이지 않아서 춤이 끝나자 왕은 스스로 산신의 무용을 드러냈다는 것이다.

지금 전해지는 상심詳審이라 칭하는 무악은 이 산신의 춤을 전한 것이다. 상심의 별명에 어무상심御舞祥審 혹은 어무산신御舞山神 등의 호칭이 있다. 왕이 또한 금강령金剛嶺에 행차하신 때 북악신이 나타나 춤을 추었고 동례전에서 연회를 벌일 때에는 지신地神이 나타나 춤을 보인 법어집에 산신의 헌무 때 부른 가사는

지리다도智理多都 파도파등자波都波等者

라고 하니, 즉 지智만으로 나라를 다스릴 때는 지혜로 패하여 결국 도읍을 파괴한다는 의미이다. 지신은 국가의 위급함을 알았기 때문에 더욱 춤으로써 경계하고 각성시키고자 했지만, 범우한 국민들은 아무도 깨닫는 자 없이 이것저것 모두 지금의 상서로움이 된 것이라며 그저 곧이곧대로 생각하고 탐락의 정도가 점점 심해지다가 마침내 국가가 망하는 비운을 초래한 것이다. 운운.

서동동요薯童童謠

서동 작

선화공주님은善花公主主隱 남몰래 사귀어 두고他密只嫁良置古 서
동방을 밤에 몰래 안고 간다薯童房乙夜矣 夘[卯]乙抱遣去如.

의역

선화공주님은 남몰래 시집을 가서 밤마다 몰래 서동을 안고 간
다네.

주석

신라 제30대 무왕, 이름은 장璋, 그 어머니가 과부가 되어 집을
도읍의 남쪽 근처에 지었다. 거기에서 못의 용과 정을 통해 낳은
것이 이 장이다. 어릴 때 서동이라 불렀다. 서동은 기량이 헤아리
기 어려울 정도였고 평소 마薯를 캐서 파는 것으로 생계를 삼았다.
그래서 세상 사람들이 서동薯童이라 부르게 되었다.

이때 신라 진평왕의 셋째 공주인 선화라는 당대 최고의 미인이
있었다. 이를 들은 서동은 가슴에 무언가를 품고 삭발을 하고 도읍
으로 올라가, 우선 자기가 장사할 물건인 산의 마를 마을 아이들에
게 주면서 적당히 친숙하게 만들어 놓고 스스로 만든 동요를 부르
게 했다. 그 가사가 바로 이 서동동요인데, 이 동요는 매우 유행하
여 곧 도읍 안에 퍼졌고, 마침내는 왕의 귀에까지 들어갔다. 왕은

공주가 불의한 짓을 저질렀다고 격분한 나머지 공주를 죽이려고 했으나 백관들의 온 힘을 다한 간언에 의해 먼 곳으로 유배를 보내게 되었다.

출발에 임하여 왕후는 울면서 순금 한 말을 공주에게 주며 이별을 아쉬워했다. 공주는 원통했지만 어쩔 수 없이 두세 명의 종자를 앞세우고 유배지로 향했다. 이를 들은 서동은 마치 큰 소원이 성취라도 된 듯이 그 길로 마중을 나와 정성을 다해 모시고 가겠다고 했다. 공주는 알지도 못하는 사람이기는 했지만, 너무도 특별함에 수행을 허락했다. 서동은 서서히 있는 성의를 다 표현하며 그 환심을 샀는데, 서동의 모략은 훌륭히 적중했다. 이렇게 두 사람은 백제를 나와 공주는 어머니가 정표로 준 금으로 생계를 유지하겠다고 서동에게 의논했다. 서동은 이 금을 보고 이런 것이 뭐가 된다는 것이냐고 말하며 배를 잡고 웃었다. 놀란 공주는 '이것은 황금이라고 하여 천하의 보물입니다. 이것만 있으면 백 년 동안의 부富도 쉽게 쌓을 수 있습니다'라고 말하자 서동은 '우리는 어릴 적부터 산의 마를 캤는데, 이런 것은 산더미처럼 많다'고 대답했으므로 매우 놀라, 그렇다면 그 보물을 부모님께 수송하면 어떻겠는가 생각하고, 즉시 고향 마을로 돌아가 산더미 같은 황금을 파냈다. 거기에 용화산龍華山 말사末寺의 지명知命법사에게 금의 수송 계획을 묻자 신통력으로 보내주겠다고 쾌락해 주었으므로 금에 편지를 덧붙여 법사 앞에 두었다. 법사는 과연 신통력으로 밤에 신라의 궁중으로 보냈다. 진평왕은 그 신변神變에 놀라 몹시도 존경심이 일었고, 그로부터는 끊임없이 서동이 있는 곳으로 편지를 통하여 안부를 물었다. 서동은 또한 이 일 이후 크게 마음을 얻었다고 한다.

그 후 서동은 왕위에 즉위한 후 어느 날 부인과 함께 사자사師子寺에 행차하여 용화산 아래의 큰 연못 주변에 왔더니 미륵 삼존이 연못 안에 나타났다. 부인은 왕에게 권하여 이곳에 미륵사彌勒寺를 창설했다(국사에는 왕흥사王興寺라고 한다)는 전설이 있다.(미완)

—『眞人』第九卷第四號, 眞人社, 1931.4.

조선 여행을 마치며

• 나카노 마사유키中野正幸 •

조선 여행을 마치며

경성, 부산, 인천, 대전의 여러분, 정말로 어떻게 감사의 말씀을 드려야 할지 모르겠습니다. 어디를 가든 바로 지인들을 얻게 되고 단카短歌모임을 성공적으로 찾아다닐 수 있었던 것은 모두 여러분 덕택입니다. 어떻게 감사의 인사를 드려야 할지 모르겠습니다. 도쿄로 돌아가면 이제 '우優는 몇 개?'[72]라는 생활이 용납되지 않으니 절실히 조선에서의 즐거웠던 며칠 동안의 일들을 다시 생각하지 않을 수가 없습니다. 지금 여기에 귀중한 지면을 받아 보잘 것 없는 기행문을 쓸 수 있게 된 것도 여러분의 덕택입니다.

부산

드디어 배가 항구 안으로 들어올 때부터 저는 갑자기 불안해지기 시작했습니다. 기차 안에서 전보를 보냈던 것이 제대로 어제 도

---

72) 원문에 '優はいくつ？'라 되어 있는데, 성적과 기량을 나타내는 말인 우(優), 양(良), 가(可) 중 우수한 것을 의미하는 것으로 추측. 단카의 잘 된 작품에 대한 평가로 보임.

착했는지, 게다가 사진에서도 본 적이 없는 가미神 씨를 알아 볼 수가 있을지. 기차가 출발하기까지 오십 분밖에 남아 있지 않기 때문에 서둘러 찾아야만 한다,라고 생각했기 때문에 일곱 시가 지나자 급하게 짐을 챙겨서 배 갑판으로 나갔습니다. 물론 선발대입니다. 그런데 밖은 바람이 심해서 말 그대로 열풍烈風지옥처럼 물보라가 거세게 쳤습니다. 하지만 약 이삼 분 동안은 그곳에서 참고 기다리고 있었습니다. 이것도 빨리 가미 씨를 찾기 위한 일이었다니, 내가 생각해도 꽤나 어리석은 짓이었습니다. 부산이 이제 막 보이기 시작했습니다.

○

자, 이제 도착이다, 지금 배가 크게 전회해서 향하는 곳은 잔교棧橋를 대는 곳, 자, 잔교다, 어, 사람이 의외로 적은데? 이 정도면 금방 찾겠지. 보자, 왼쪽은 남자들만 있는데, 저쪽이겠지? 오른 쪽 끝의 방어 줄에 매달려 있는 여자, 저 여자가 틀림없어. 하지만 둘이서 온다고 했으니 아닌가? 아니, 달리 그럴싸한 사람이 없으니 틀림없을 거야. 이 순간 일 초의 몇 분의 일, 머릿속에서 분석력을 총동원해서 가미 씨 후보자를 확정했습니다. 동시에 뒤에 있는 사람은 하쓰다初田 씨라고 추측했습니다. 배는 점차 잔교로 가까워지고 있습니다.

이렇게 되자 이상하게도 그들이 있는 쪽을 보고 있는 것이 무척이나 부끄럽게 느껴졌습니다. 맞선을 보는 것이 이와 비슷하다고들

144

합니다만. 가미 씨와 맞선을 보는 것도 아닌데 반대쪽인 왼쪽만 보고 있는 시늉을 하고 있는 것입니다. 저쪽은 또 저쪽 나름대로 한창 서로 대화를 하고는 이쪽을 보는 것입니다. 가미 씨 후보자들은 시선을 왼쪽 오른쪽 돌리면서 『진인眞人』을 말았다가 펼쳤다가 하면서 주목을 끌고 있습니다. 드디어 후보자가 한 사람으로 좁혀졌습니다. 그래서 저도 용기를 내어 자기소개를 과감히 했습니다. 식은땀을 세 바가지나 흘리면서.

○

그런데 만나보니 시원시원한 분으로 마치 예전부터 알고 지낸 사람인 듯 했습니다. 저도 모르게 빠져들어 갑니다. 상당한 사교가입니다. 하쓰다 씨는 견실한 분으로 도쿄의 가타야마片山 씨 같은 유형일 듯했습니다. 나도 긴장이 풀리고 친해져서 심지어는 경성으로 가는 기차 시간을 늦춰서 안내를 부탁받았습니다.

하쓰다 씨는 오 년 씩이나 사셨기 때문에, 상당한 부산통으로 우회전 좌회전 하면서 안내를 해 주셨습니다. 우선 아침 해 가득한 큰길가를 걸어서 뭐라고 하는 작은 산을 올라갔습니다.(이름을 잊어버려서 미안합니다) 이곳은 부산 제일의 전망이라 그런지, 확실히 좋은 경치입니다. 하야시林 씨, 후유키冬木 씨가 잠들어 있는 목지도牧之島도 눈앞에 보이고 바다도 푸른 아름다운 항구도시 입니다. 맹렬한 바람에 휘말리면서도 그래도 벼랑 끝에 서서 설명을 해 주시는 가미 씨, 하쓰다 씨의 모습이 지금도 눈에 선합니다. 바람 때문인지 하늘은 별로 맑지 않았습니다.

돌아가는 길은 좁은 골목길을 통과해야 했기 때문에 너무나도 당황했습니다. 그러나 조선인은 대체적으로 친숙한 얼굴을 하고 있습니다. 해에 그을린 피부색에 온화한 얼굴, 그리고 옅은 수염, 모두 호감을 가질 수 있었습니다. 전차를 타니 운전수, 차장 모두 조선 사람으로 이들이 일본어로 말한 뒤 조선어로 다시 반복하고 있었습니다. 일본인 차장과 동일한 말을 합니다.

가미 씨 댁은 고지대로 전망이 이를 데 없이 좋습니다. 가미 씨는 꽤 쾌활한 부인이라 일을 하면서도 노래를 읊조립니다. 하쓰다 씨는 레코드를 틀고 작은 소리로 연습중입니다. 안타깝게도 가미 씨는 아직 젊은데 아줌마 취급을 당하고 있었습니다.

단카 창작에 관해서는 두 분 다 상당히 열심이어서, 도쿄에 관한 이야기를 내 지식이 바닥날 때까지 질문합니다. 선생님이 뜻하는 바처럼 깊이 자기 자신을 성찰하면서 나아가자는 의기意氣도 보여 주었습니다.

이윽고 숙직을 끝낸 남편분도 귀가를 하시고, 사람을 집중시키는 말솜씨에 저녁 무렵까지 신세를 져버렸습니다. 끊임없이 손님이 와서 바빴을 텐데 정말로 폐를 많이 끼쳤다고 생각됩니다. 뒷산에 해가 저물 때 사진을 찍은 후 작별인사를 하기로 했습니다. 가미 씨, 하쓰다 씨 두 분이서 일부러 배웅해 주신 것도 참으로 감사했습니다. 철판 요리로 저녁을 대접받고 밖으로 나오자, 벌써 항구는 어둠이 드리워져, 거무스름해진 주변에 일본으로 도항하기 위해 허가를 받고자 하는 조선인들이 모여 있습니다.

기차는 제가 두 분께 충분한 인사를 드리지 못하는 사이에 출발해 버렸습니다. 시간은 충분이 있었지만 태생적으로 말솜씨가 없으니 어쩔 수가 없습니다. 기차는 가차 없이 계속 달립니다.

조용히 눈을 감고 점차 마음의 안정을 찾자, 가미 씨와 하쓰다 씨에 대한 감사와 더불어 단카로 살아가는 사람의 기쁨이 절실히 느껴졌습니다. 처음 만났음에도 이토록 가까워질 수 있었던 것도 오직 한 가지, 단카라는 같은 길을 열심히 걸어가고 있다는 이유에서일 것입니다. 한 가지 아쉬웠던 점은 하루 신세를 졌음에도, 갑작스러운 일이었기 때문에 모임의 다른 분들께 미리 알리지 못해서 만날 수 없었다는 것입니다.

경성

눈을 뜨자 우리의 히카리호ひかり號는 아침 이슬이 드리워진 숲을 지나가고 있었습니다. 그 숲이 바로 아카시아라는 것을 알 수 있었습니다. 이윽고 영등포입니다. 황급히 짐을 챙겼습니다.

『진인眞人』의 발상지, 경성이 점점 다가오고 있습니다. 과연 어떤 곳일지.

○

어젯밤에 잠을 잘 못 청해서 머리가 빙빙 돌고 있습니다. 그러나

어쩐지 쉬는 게 아까운 마음이 들어서 형의 집에 도착하자마자 형수님을 따라 혼마치本町73)로 나가기로 했습니다. 삼각지에서 전차를 탔습니다만, 아직 익숙하지가 않아서 조선인이 많은 곳에 있으면 어딘지 모르게 묘한 기분이 듭니다. 조선신궁朝鮮神宮도 남대문도 어딘지 전차 안에서는 잘 알 수가 없습니다. 이곳 주변의 집들 모습은 일본과 크게 다르지 않습니다만, 지붕이 조금 낮은 것 같습니다. 조선은행 앞에서 내렸는데 이곳 광장은 그 위세가 등등합니다. 조선은행도 우체국도 훌륭하고 가로수길이 모여 있으며 전찻길이 커브하면서 뻗어나가는 모습은 자동차가 현격히 적은 것을 제외하고는 일본의 육대 도시급에 들 것입니다. 혼마치 거리는 일본으로 말하자면 가구라자카神樂坂74)와 같은 느낌입니다. 확실히 사람이 많고 벌써 사쿠라 노래さくら音頭75)가 유행하고 있는지 한창 불리고 있었습니다. 미쓰코시三越76)에도 미나카이三中井77)에도 들어가 보았습니다. 한 마디로 경성의 백화점은 좁은 것에 비해 인파가 몰리는 것이 일류입니다. 어제 가미 씨에게 배운 적옥赤玉이라는 커피숍은 아무리 찾아도 찾을 수가 없었습니다. 폐업해서 없어졌다고 합니다.

점심식사 후, 도쿄에서 만난 가메다龜田 씨에게 전화를 걸어보니

---

73) 지금의 명동 일대.
74) 일본 도쿄 신주쿠(新宿)구에 위치한 번화가.
75) 1934년 발매된 일본 유행가 및 같은 노래를 주제가로 한 일본영화.
76) 1929년에 세워진 우리나라 최초의 백화점. 현재의 신세계본점 자리.
77) 1930년대에 세워진 백화점.

빨리 오라고 해서 조금 모험이었지만 찾아뵙기로 했습니다. 아무튼 좌도 모르고 우도 모르고 조선이라는 곳에 익숙하지 않은 상태에서, 혼자서 전차를 타는 것은 역시 불안합니다. 할 수 없이 운전 계통도를 의지해서 그래도 무사히 사쿠라이초櫻井町[78])에서 내렸습니다. 이 황금정 거리黃金町通り[79])는 선로가 도로의 한 쪽으로 쏠려있어서 기묘하게 느껴집니다. 정류장에는 가메다 씨 가게에서 일하는 사람이 기다려주고 있었습니다.

가메다 씨는 도쿄에서 받았던 느낌과는 많이 달리 활발한 분으로, 단카를 하시는 분 모두 시원시원한 성격들인 것 같았습니다. 마침 같이 계셨던 다카하시 다마에高橋珠江 씨는 견실한 부인으로 안경을 쓰고 있고 구리시마 스미코栗鳥すみ子[80])를 닮은 분입니다. 화제는 역시 도쿄에 관한 일이 주된 것이었습니다. 경성의 여러분도 꽤 잘 돼가고 있는 듯해서 정말로 다행입니다. 저도 질세라 도쿄의 자랑을 하면서 혼자서 술을 꽤나 마셔버렸습니다. 가메다 씨, 다카하시 씨에게 매우 폐를 끼쳤다고 생각합니다.

만류하는 것을 뿌리치고 무리하게 작별 인사를 하고 온 것은 꽤 어두워졌기 때문입니다. 또 아침에 한 번 지나갔을 뿐인 돌아가는 길이 걱정스러웠기 때문입니다. 마침 우라모토浦本 씨가 오셔서 만나 뵐 수 있었습니다. 가메다 씨로부터 거듭 재미있는 분이라고 들

---

78) 현 서울 중구 인현동의 일제강점기 명칭.
79) 황금정은 현재의 을지로.
80) 구리시마 스미코(栗島すみ子, 1902~1987년). 일본영화계 초기의 인기 여배우.

었던 분입니다. 사쿠라이초 정류장까지 다카하시 씨가 배웅해 주시고 삼각지부터는 사람에게 물어서 간신히 돌아갈 수 있었습니다.

○

24일, 저를 위해서 일부러 환영을 위한 단카 모임을 해 주신 날입니다. 정해진 시간에 늦지 않도록 넉넉히 시간을 잡고 집을 나섰지만, 골목길을 잘못 들어서서 한참을 고생해 겨우 가메다 씨 댁에 도착했을 때는 30분 정도 지각에, 이미 십여 명이 와 계셨습니다. 잠시 아래층에서 쉰 다음 이층에 올라가보니, 두 개의 방을 터서 회장으로 만들어 두었고 기라성 같이 줄지어 있는 사람들. 우선 도코노마床の間81) 앞에 앉아 있는 살찐 분은 이시이石井 씨임에 틀림없습니다. 반대쪽은 모두 여류女流들. 저 쪽 구석에서 일하고 있는 젊은 간사幹事인 분들, 이름은 도무지 생각이 나지 않았습니다.

모임은 정확히 한 시간 늦게 열렸습니다. 서른 명 정도가 오셔서 정말로 성황이었습니다. 애써주신 가메다 씨, 다카하시 씨, 사이가雜賀 씨, 시마다島田 씨, 가타야마片山 씨, 사회를 맡아주신 이시이石井 씨, 데라다寺田 씨, 장례식에서 밤을 새고 와서 피곤한 와중에도 늦게 와주신 우노다宇野田 씨 부부를 비롯하여 참석해 주신 여러분께 깊이 감사의 말씀을 드립니다. 논장論將은 데라다 씨, 이시이 씨. 최고점을 받은 가메다 부인의 단카부터 비평이 시작되었습니다. 모

---

81) 일본식 방의 상좌(上座)에 바닥을 한층 높게 만든 곳.

두 열의 있게 진행합니다. 저는 미숙하고 이번 모임에 갑작스레 투입되었지만 생각한 바를 거리낌 없이 말씀드렸습니다. 부디 나쁘게 생각하지 말아주십시오.

이번 단카 모임은 생각 외로 발언하는 분이 많고 이상적이 모임이라고 여겨졌습니다. 남성분은 대체로 한 번은 발언하신 것 같습니다. 기시岸 씨는 논단論壇의 중심적 인물인데도 기시 씨의 소중한 의견을 조금도 듣지 못한 것이 유감스러웠습니다. 부인들 중에서는 가쓰라마키葛卷 씨가 기염을 토하셨음에 반해, 다카하시 씨, 무타구치牟田口 씨, 신노眞能 씨 등 조용하신 분들은 마지막까지 침묵으로 일관하셨습니다. 한마디로 경성의 여러분은 문법, 용어법에 통달하셔서 문제도 상당수가 문법과 용어법에 치중되어 있었습니다.

이와 같이 매우 즐거운 단카 모임이 끝나자 바로 초밥 집으로 데려가 주셨습니다. 이시이, 데라다, 다카하시, 우라모토, 기시, 사이가, 가메다, 시마다, 가타야마, 오타니大谷, 구보久保 씨의 모든 분과 저를 포함해서 총 열두 명. 이곳에서 저는 진정으로 경성에 계신 여러분이 지니고 있는 분위기를 느낄 수가 있었습니다. 어둑어둑한 다다미 넉 장 반인 방에서 하나의 탁상을 둘러앉아 이야기한 한 시간이야말로 세상에서 가장 귀하고 유쾌한 한 시간이었습니다.

인천

늘 그랬듯이 오늘 갑자기 인천에 왔지만, 누구의 주소도 모른 채

어떻게 하면 좋을지.— 나는 동양헌東洋軒이라는 레스토랑에서 식사를 하면서 완전히 넋을 잃었습니다. 전화번호부를 몇 번이고 찾아봐도 아는 사람의 이름은 보이지 않습니다. 어찌할 바를 몰라서 지푸라기라도 잡는 심정으로 웨이트리스에게 물어보니 의외로 기타지마北島 씨를 바로 알 수 있었습니다. 나날이 발전하고 계시리라 상상을 하면서 바로 전화를 걸었고 일단은 안심했습니다.

기타지마 씨는 아직 젊은 분으로, 금세 의기투합했습니다. 인천 지사를 책임지고 계신다고 하며 도쿄 본사에 관한 여러 가지 일들을 물어 보았지만, 아쉽게도 나에게는 충분한 지식이 없어서 송구스러웠습니다. 여러 가지 걱정거리가 있는 것 같았습니다. 상당히 열심이어서 감탄했습니다. 여행을 좋아하는 것을 활용해서 문학결사 동료를 모으는 데 힘쓰고 있는 것 같았습니다.

오늘 밤 단카 모임의 일체의 절차를 해결해 주신 후, 드라이브를 해서 월미도로 건너갔습니다. 전망대까지 올라가니 인천이 한 눈에 들어옵니다. 마침 호수가 보여서 부산처럼 아름다운 항구라 생각되었습니다. 수평선은 한 곳도 없고 어디를 봐도 섬이었는데 마침 그때, 강렬한 대륙의 빛나는 태양에 발밑 바다로 조용하게 입항하고 있는 배를 기억하고 있습니다. 섬을 도는 길도 꽤 풍취가 있었습니다.

기타지마 씨는 상당히 상식이 풍부한 분으로 조선의 산업계에 관한 이야기 등을 많이 들려주셨습니다. 해수욕장을 보고 난 후 가케차야掛茶屋82)풍의 찻집에 들어가서 한 시간 반 정도 여러 사람의 소식을 들었습니다. 인천의 단카 모임은 벌써 이십 년이 되었다든지, 그 사이에 여러 번 없어질 뻔했지만, 지금은 절대로 그런 일은 없게 되었다고 말씀하셨는데, 기타지마 씨의 노력은 실제로는 상당한 것이었으리라 여겨집니다. 작년에도 열네다섯 번 하셨다고 합니다.

회장會場인 중화루中華樓로 자리를 옮긴 시간은 여섯시 반, 시작이 여섯시이지만 아직 한 분도 안 오셨습니다. 이곳은 중식당 특유의 음침한 곳으로 삼층 창에서 보니, 어스레한 거대한 검은 건물이 우뚝 서 있고, 먼 곳에는 항구의 불빛이 보여서 어딘지 모르게 이국적인 느낌이 드는 곳이었습니다. 야마다 씨를 시작으로 모두 모인 시각은 일곱 시 반을 넘겼습니다. 인천 시간은 1시간이 늦는다는 말은 들어보았지만 기차 시간도 있어서 초조한 바람에 제정신이 아니었습니다. 하지만 막상 모이고 보니 이렇게 유쾌한 모임은 없다고 느낄 정도로, 모두가 하나의 그릇을 향해 젓가락질을 하면서 서로 이야기를 했습니다. 여러분 모두 참으로 열정적이고 확고한 신념을 지니고 있는 듯 했습니다. 항상 그랬듯이 저의 악설惡舌을 통쾌하게 받아치는 분이 계셔서 온화함과 동시에 실질을 겸비한 단연 훌륭한 단카 모임이었다고 생각합니다. 참석해 주신 여러분께 감사의 인사를 드립니다. 옆 방 연회가 조금은 시끄러웠지만 일찍 해산한 것 같아서 나중에는 만족스러운 모임을 가질 수 있었

---

82) 길가나 유원지 따위에서 길손이 걸터앉아 쉬며 차도 마시는 조그마한 찻집.

고 열 시 반에 해산했습니다. 가타지마北島, 사이젠在前, 고다甲田 씨 세 분은 거리가 있었는데도 일부러 정차장까지 배웅해주셔서 감사했습니다.

경인선의 깨끗한 기차에 자리 잡고 눈을 감고는 오늘 만나 뵌 분들을 계속 떠올려 보았습니다. 저의 오른 쪽에 앉아 계신 분은 기타지마 씨, 상당한 민완가敏腕家이신데 오후 갑자기 찾아뵙고 여러 모로 신세를 졌을 뿐만 아니라 신속히 단카 모임을 열어주셨습니다. 깊이 감사드립니다. 다케바야시武林 씨와 도라이濤來 씨는 친한 사이인 듯 보였고 도라이 씨는 꽤나 로맨틱한 분인 것 같았습니다. 미키三木 씨, 이노우에井上 씨, 고다 씨, 야마다 씨가 여류조. 야마다 씨는 앞으로 더 발전하기 위해 심각하게 고민하고 있는 듯 보였는데, 오늘 밤은 구어 단카를 발표하셨습니다. 이노우에 씨, 미키 씨 두 분 다 얌전하신 분으로, 미키 씨는 선생님의 단카 창작 이론을 이해하고자 노력하고 있는 것 같았습니다. 고다 씨는 민첩한 분으로 야마다, 이노우에, 도라이 씨의 모든 분과 '생활生活'83)에 관해 당당히 의견을 말씀하셨습니다. 저의 왼쪽에는 사이젠 씨, 피곤하신데도 작업복 상태로 오신 것에 대해 어떻게 감사의 말씀을 드려야할지 모르겠습니다.

밖에는 둥근 달이 떠 있습니다. 철교를 건너갈 때 한강물이 빛나 보였습니다.

---

83) 생활을 소재로 한 단카를 짓는 어려움 혹은 '생활'이라는 용어 개념정리의 난해함.

성벽을 둘러보다

4월 1일, 어젯밤에 비가 왔기 때문에 사람들이 모이지 않았습니다. 이시이, 사이가, 가메다, 구보, 가쓰라마키 씨 다섯 분과 저를 포함한 일행, 하지만 사람이 적은 쪽이 의기투합할 수 있어 더 좋을지도 모르겠습니다. 안내역은 사이가 씨. 배낭을 메고 등산화를 신고 선두에 섰습니다. 일행은 봄 햇살을 한 가득 받고 산봉우리를 타면서, 인왕산에서부터 북문으로 북문에서부터 북악산으로 즐겁게 발길을 옮겼습니다. 인왕산 정상에 있는 돌 위에서의 점심식사, 북악산 위에서 끓여 마신 홍차, 용감한 가쓰라마키 씨, 즉석에서 단카를 힘차게 발표하신 구보 씨……오늘도 또한 유쾌한 하루였습니다.

다만 무너져 가는 성벽에서 느껴지는 분위기는, 봄의 햇살이 없었더라면 얼마나 견디기 힘들었을까요? 깨진 돌, 허무하게 남아 있는 총안銃眼,[84] 큰 바위 산, 그 아래에 멋없이 나열된, 적색 흙이 보이는 민둥산, 드문드문 난 산림, 그리고 도벌盜伐. 마침 그때 도벌예방으로 개를 키워서 문제를 일으키고 있다는 일 등을 상기하니 몹시도 마음 쓸쓸하게 느껴졌습니다. 이런 이유로 아무 말 없이 여러분의 뒤를 따라가기만 했던 것을 사죄드립니다.

동소문東小門에서부터 내려와서 다부치田淵 씨를 찾아뵙습니다. 갑자기 많은 사람이 방문을 해서 실례가 됐을지 모르겠습니다. 다

---

84) 몸을 숨긴 채로 총을 쏘기 위하여 성벽, 보루 따위에 뚫어 놓은 구멍.

부치 씨는 단아한 아내 분, 그리고 많은 자녀가 있어서 바쁘신 와중에도 큰 환대를 해 주셨습니다. 돌아갈 때에도 경학원經學院85)까지 나와 주셔서 송구스럽기 그지없었습니다. 창경원 부근에서 가쓰라마키 씨는 버스를 타고, 종로 사정목鐘路四丁目에서 이시이, 가메다, 구보 씨와 헤어졌습니다. 사이가 씨와 저는 거기서 전차를 타려고 조금 기다렸습니다만 혼잡했기 때문에 큰마음 먹고 혼마치로 나가기로 했습니다. 같은 방향으로 먼저 간 세 분과는 끝내는 쫓아갈 수가 없어서 둘이서 정유사精乳舍86)와 금강산金剛山87)에 들어가서 아홉시 반까지 버텼습니다. 이야기를 나누다보니 사이가 씨는 실로 열성적으로 견실한 단카 창작의 태도를 지니고 계셨습니다. 이 정도로 견실하다면 장래는 무서울 만큼 발전할 것입니다.

그 후로는 이치야마市山 선생님을 찾아 뵌 것과 다카하시 씨 댁을 방문해서 우연히 다카하시 씨가 부재중으로 집을 지키고 있던 가메다 씨를 만났던 일이 있을 뿐, 4월 4일에는 갑작스럽게 도쿄로 돌아가야 했습니다. 실례했음을 사죄드립니다.

대전

경성을 영 시 사십 분에 출발하여, 대전에 도착한 것은 네 시 경

---

85) 성균관의 별칭. 지금의 성균관대학교.
86) 혼마치에 있는 정유사 메이지 제과(精乳舍明治製菓).
87) 혼마치에 있는 금강산다점(金剛山喫茶店).

이었던 것 같습니다. 이곳에서는 제가 내리는 기차 바로 앞에 쓰치마쓰土松 씨가 『진인』을 들고 서 계셨기 때문에 부산과 같은 로맨틱한 장면 없이 만났습니다. 쓰치마쓰 씨도 정말로 느낌이 좋으신 분이시고 아직 젊다는 점도 기타지마 씨와 동일합니다.

대전은 아직 새로 개발되는 듯한 작은 도시입니다. (물론 애향자인 쓰치마쓰 씨가 강조하신 것처럼 발전의 여지도 가능성도 있지만) 그러나 도청道廳으로 통하는 도로는 훌륭했습니다. 도청사도 훌륭했습니다. 이곳에서 근무하는 쓰치마쓰 씨가 꽤나 자랑을 하십니다. 도道 전체에서 최고라는 청사 옥상은 전망이 좋았습니다. 대체적으로 조선은 산이 많아서 경치가 좋은 것 같습니다. 여러분으로부터 전화로 단카 모임에 관한 통지를 받고 히사마久間 씨를 방문했습니다. 역시 시원스런 부인, 게다가 꽤 열심이십니다. 결국 저녁식사를 대접 받았습니다.

단카의 회장會場은 쓰치마쓰 씨 댁에서, 정각 일곱시인데 대전의 시간은 무려 두 시간 반이나 늦어서, 모두 다 모인 시간은 아홉시 반이 되어 버렸습니다. 모인 사람은 쓰치마쓰, 다케다竹田, 스에미쓰末光, 히사마, 오타니, 사와야마澤山 씨와 저를 포함해서 일곱 명, 다케바야시竹林 씨를 비롯해 몸이 안 좋거나 부재인 분이 많아서 저로서도 아쉬웠습니다. 그러나 사람이 적은 편이 오히려 감이 사는 것 같아 오늘 밤도 역시 실로 유쾌하고 뜻 깊은 모임이었습니다. 도시가 작은 것도 오히려 좋게 여겨질 정도였습니다.

쓰치마쓰 씨는 리더 격으로 열심 그 자체인 분입니다. 진인사眞人社에 보내는 단카의 초고를 계속 쓴다든지, 상당히 분투하고 계신 것 같았습니다. 또 한 분의 리더 다케바야시 씨의 부재는 두고두고 유감스럽게 생각되었습니다. 다케다 씨는 유머러스한 분, 신기한 것이 도쿄의 히라노平野 씨, 경성의 우라모토 씨와 더불어 재미있는 세 분이 모두 상당한 연배로 수염을 기르고 있다는 것입니다. 다케다 씨는 단카 외에도 하이쿠俳句[88]도 하신다고 합니다. 스에미쓰 씨는 비교적 새로 들어오신 분으로 꽤 편하신 성격이지만 열심이신 분인 것 같습니다. 여류인 히사마 씨, 오타니 씨 두 분 다 상당히 씩씩합니다. 꽤 열심이기도 합니다. 사와야마 씨는 근무처에 일이 있으셨는데도 늦게까지 계시게 해서 정말로 죄송했습니다.

모두 열심히 하시는 분들뿐이라서 예상 외로 늦게 끝나게 되어, 해산은 한 시가 넘어서였던 것 같습니다. 쓰치마쓰 씨와 함께 먼 히사마 씨를 배웅한 후 정차장으로 향했습니다만, 흐린 봄날의 밤거리를 어슬렁어슬렁 돌아 온 그때의 느낌을 지금도 잊을 수가 없습니다.

대구에서 돌아오기로 되어 있는 다케바야시 씨를 역에서 기다려 보았지만 결국 뵐 수가 없었습니다. 아무리 생각해도 아까운 기회입니다. 하는 수 없이 위층에 있는 식당에서 카레라이스를 먹고 허둥지둥 기차를 탔습니다. 세시 반입니다. 이런 심야까지 저를 위해 종일 애써주신 쓰치마쓰 씨에게 마음 가득히 사의謝意를 표하고 이별을 하였는데, 사람이 없는 밤늦은 시간에 플랫폼에서 모자를 흔

---

88) 5 · 7 · 5의 열일곱 음을 정형으로 하는 일본의 짧은 정형시.

들어 주신 모습이 눈에 아른거립니다.

　도시가 작고 사람이 적은 대전에서는 서로 친해질 수밖에 없습니다. 조금만 나가면 만날 수가 있기 때문입니다. 오늘도 도청사 옥상에서 겨우 삼십 분 동안에 단카 친구로서 승마복을 입은 호리카와堀川 씨와 하시구치橋口 씨 두 분이나 마주쳤습니다. 부러운 생각이 들었습니다. 도쿄에서는 상상할 수 없는 일입니다.

○

　부산에서는 시간이 없어서 결국 가미 씨 일행을 만나 뵐 수가 없었습니다.

　시모노세키下關[89])에서는 이번에 남미로 가게 된 우메키梅木 씨가 계신다는 이야기를 쓰치마쓰 씨에게 들었기 때문에, 전보를 부탁해 두었는데 결국 만나 뵐 수가 없어 아쉬웠습니다. 기차 시간을 늦춰서 찾았는데 만날 수가 없었습니다.

　이상 장황하게 하찮은 이야기들을 써내려 왔습니다만, 저의 감사의 마음을 알아주신다면 더할 나위 없이 기쁘겠습니다.

—『眞人』第十二卷第五號, 眞人社, 1934.5.

---

89) 부산과 부관연락선이 연계된 항구도시.

조선지방색어해주 朝鮮地方色語解註

●이치야마 모리오市山盛雄●

조선지방색어해주朝鮮地方色語解註

아(あ)

‖ **붉은 산** 赤肌山; あかはだやま

조선의 산은 전체가 적토赤土이고 수목이 척박해서 적색의 땅 표면을 드러내고 있기 때문이다. 그러나 오늘날은 산림령이 내려져 나무를 심어서 예전과 같이 붉은색 산의 느낌은 없어지고 있다.

‖ **자토산** 赭土山; あかつちやま

p.163, [붉은 산 赤肌山; あかはだやま] 항 참조.

‖ **적독산** 赤禿山; あかはげやま

p.163, [붉은 산 赤肌山; あかはだやま] 항 참조.

‖ **아이고** アイゴウ

'哀號'라고 쓴다. 조선인은 보통 울 때든 통곡할 때든 아이고 아이고라고 연달아 말한다. 순간의 내뱉는 소리나 놀랐을 때 등에도 아이고라고 한다. 일본인도 버릇이 되어 아이고라고 무의식적으로 소리 낼 정도이다.

‖ **아버지** アボジ

자기 부친이라는 뜻.

‖ **아리랑** アリラン

아리랑은 조선인이 가장 좋아하는 민요로, 여운 하나하나가 참으로 애절한 음률이다. 가사가 꽤 많고 가사가 다른 노래도 상당히 있다.
한 예를 들어보겠다.
인생 한 번 돌아가면 움이 나나 싹이 나나. 아리랑 아리랑 아라리요 아리랑

띄워라 놀다가세

‖ 엿장수 飴賣; あめうり
조선의 엿장수는 어깨부터 끈을 매달아, 정방형의 상자를 배에 안고 폭이 넓
고 끝이 각진 가위를 딸깔딸깍거리면서, 아무리 깊은 산간부락이라도 팔러
다니고, 빈 병이나 고철 등과도 교환해 주기 때문에 아이들에게 인기가 있다.

‖ 엿 가위 소리 飴鋏の音; あめはさみのおと
엿장수가 치는 가위 소리이다. 슬픈 음색을 지니고 있다.

‖ 빨간 지붕 赤い屋根; あかいやね
조선인은 고추를 애호하여 생활의 필수품이다. 시골 농가에서는 초가지붕 위
에 고추를 말리기 때문에 지붕이 새빨갛다. 지붕의 바가지와 더불어 여행객
의 눈을 사로잡는 풍경이다.

‖ 빨간 치마 紅いチマ; あかいちま
조선의 젊은 부인들이 흔히 입었던 빨간 치마이다.

‖ 빨간 댕기 紅いテンキ; あかいてんき
리본과 같은 것으로 미혼의 여성이든 남성이든 머리를 묶어서 길게 등 뒤로
내려뜨려서 끝에 빨간색 댕기를 단다.

‖ 삼베옷 麻衣; あさぎぬ
조선인은 여름 동안 대부분은 바탕천 그대로의 삼베옷을 입고 있다. 상중喪中
에는 일 년 내내 입고 있다. 모자부터 발까지 일체를 마麻만을 입는다.

‖ 마 신발 麻鞋; あさぐつ
짚신도 있지만 고급품은 모두 마로 만든 것이다.

‖ 머리에 얹다 頭に載せる; あたまにのせる
조선의 하류생활 여자들은 뭐든지 머리 위에 얹어서 운반하고자 한다. 그 중
에서도 바가지 또는 항아리 물병을 머리 위에 이고 가는 모습이 참으로 지방
색 풍부하다. 가끔 더러운 요강까지도 머리 위에 얹었어도 아무렇지도 않게
여긴다.

‖ 비구니 사찰 요리 尼寺の料理; あまでらのりょうり

조선의 비구니 사찰 부근에는 많은 음식점이 있다. 비구니들 직무실에 있는 경우도 있다. 절로 술 한 잔 하러 가자는 식인데, 비구니들이 따라주는 술과 함께 사찰음식精進料理을 먹는 것도 한 가지의 흥취일 것이다. 기생 등을 불러 소란을 피우는 자도 있다.

‖ 주사평 朱砂坪; あかすなつぼ

옛 전쟁터인 벽제관碧蹄館[90]부근에 있다. 일본으로 말하자면 혈하血河라 할 수 있는 명칭이다.

‖ 아리나래 ありなれ

압록강의 옛 이름.

‖ 안성도 安城渡; アンソンド

경부선 성환역成歡驛 북방으로 일 리里[91] 정도 거리인 안성강 하류에 있다. 청일전쟁 때 오시마혼성여행단大島混成旅團[92]이 성환成歡을 격파하고 아산牙山을 공격했을 때의 도하점渡河點이었다. 이 강기슭은 논과 늪을 가로질러서 흐르는 강물이며, 당시 마쓰자키松崎 대위는 말을 타고 이 강을 건너서 가룡리佳龍里의 한 민가를 공격하고, 정찰 임무를 수행하고 있을 때, 적의 복병으로 인해 쓸려졌다. 이 소식을 듣고 달려 온 야마山 중위가 이끄는 소대는, 늪에 빠져 진퇴양난의 상황에서, 결국은 부하사졸 27명과 더불어 익사한 곳이다.

‖ 적상산 赤裳山; あかもやま

경부선 영동역에서부터 무주읍茂朱邑을 거쳐서 또다시 몇 리를 지나면 적상면赤裳面 안에 있다. 산 위에는 성벽의 흔적이 있고, 안국사安國寺라고 하는 큰 사찰도 있다. 고려 충렬왕 시대에 고승인 월인月印[93]이 창건했다고 전해지고 있다. 산 전체가 고목으로 울창하고 단풍나무가 많고 곳곳에 폭포도 있어 풍

---

90) 임진왜란 때 명나라 군사와 일본군이 격전했던 곳으로 유명(벽제관 전투).
91) 리(里)는 거리 단위로 약 4km. 우리의 십 리에 해당함. 이하 일본 단위인 리로 표기.
92) 청일전쟁 당시 일본이 조선으로 파견한 부대 이름.
93) 원문에는 '日印'으로 되어 있는데 오식으로 추정.

광명미 지역이다.

‖ 아얌 アヤム

이마 덮개를 말한다. 부인들이 하는 방한구로, 털을 달고, 머리에 뒤집어쓰고 이마와 귀를 덮어, 뒤로 길게 늘어져 있다.

‖ 청와 靑瓦; あおがわら

왕궁용의 기와. 재질은 견고하고 녹색 교지交趾[94]재질의 유약을 바른 기와이다. 옛날에는 사원에 배부되었던 것이 지금도 여전히 본당本堂 용마루 위에 전해내려 오고 있다.

이(い)

‖ 한 두락 一斗落; いっとらく

일본 논밭의 평수를 조선은 몇 두락이라고 한다. 일 두락은 한 말의 씨를 뿌릴 수 있는 넓이이다. 본래 되斗에도 예부터 몇 번인가 변경은 있었다. 그래서 두락이라고 하는 것도 대략적인 것이어서, 약 백오십 평 정도에 해당된다.

‖ 일일경 一日耕; いちじっこう

밭의 평수에 사용된다. 조선에서는 경작을 할 때 소를 이용한다. 소를 부린다고 하기 보다는 소가 경작을 한다고 말하는 것이 타당하다. 일일경이라고 하는 것도 소가 하루 동안에 밭을 갈 수 있는 넓이이며, 약 오백 평 정도에 해당한다.

‖ 장 市; いち

장이 서다라고 한다. 조선에 시장이 신라 시대부터 이미 있었다는 것이 문헌상에 전하고 있다. 시장은 물물거래의 요추이며, 일용물자 매매의 중요한 기능을 한다. 현재 조선 각도에는 그 수가 약 천이백삼십 곳 정도가 있다. 날을 정해서 한 달에 여섯 번 정도 열린다. 그 외에도 계절마다 곳곳에 임시시장이 서는 일이 있다. 솔잎 시장, 채소 시장, 옹기 시장, 소와 말 시장, 약 시장,

---

94) 명, 청나라 때 중국남부에서 만들어진 도기.

심한 경우는 인부 등이 모이는 인간 시장도 있다. 장날에는 상당히 먼 시골에서부터 손님들이 모여들어 매우 북적거린다.

‖ 시장 市場; いちば
　　장이 서는 장소라는 뜻.

‖ 장날 市日; いちび
　　장이 서는 날이라는 뜻.

‖ 의생 醫生; いせい
　　조선인 의사이다. 풀뿌리와 나무껍질을 이용하는 한약 선생이다. 환자를 완쾌시킨다고 하면서 환자를 받는다. 약이 든 종이 꾸러미를 매달아 놓은 온돌방에, 긴 담뱃대를 입에 물고 유유히 양반다리를 하고 앉아 있는 선생을 뒷골목에서 자주 볼 수 있다.

‖ 돌 셈 石算用; いしざんよう
　　시골의 조선인 중에는 산수에 밝은 사람이 없다. 꽤나 셈에 밝다고 하는 노인들도 나무토막이나 조약돌을 나열해서, 암산으로 바로 할 수 있는 정도의 셈도 몇 번을 반복해 좀처럼 일이 진행되지 않는다. 시장에 오는 시골 사람 중에는 훌륭한 조약돌을 휴대하고 있는 사람도 있다. 땅바닥에 주저앉아서 언제까지건 마음 내킬 때까지 계산하고 있다.

‖ 개를 삶다 狗を煮る; いぬをにる
　　조선인은 개고기를 식용으로 해서 제사의 공물 혹은 귀한 손님에게 대접하는 음식, 복날의 보신용으로 즐겨 사용한다. 고기에 파를 버무려서 난숙爛熟시킨 개장狗醬이라는 요리가 있다.

‖ 은군자 隱君者; いんくんしゃ
　　일본의 고등내시高等內侍[95]와 비슷하지만 다르다. 대부분 기생출신이지만 그 경로는 기생에서 첩으로, 첩에서 은군자가 되는 경우가 많다. 요즘은 도시생활에 이끌려서 경성에 온 여학생 중 학자금과 관련된 경우나, 타락해서 이

---

95) 내시(內侍)란 일본 율령제도에서 내사사(內侍司)의 여관(女官)을 말한다.

세계로 빠지는 경우도 적지 않다. 조선의 기생사회는 일본의 예기藝妓사회와는 달리 25세 이상의 여성은 거의 기생으로서 받아들여지지 못한다. 따라서 한 번 낙적落籍되어 첩 관계가 끊어졌을 때, 위와 같은 연령관계로 인해서 또 다시 기생으로서의 일을 할 수가 없는 것이다. 이것이 은군자가 발생한 연유이다. 은군자를 공인되지 않은 노기老妓라고 생각해도 옳을 것이다. 그리고 신용 있는 사람의 소개가 아니고서는 절대로 손님을 접대하지 않는다는 점에서 은군자로서의 이유가 있다.

‖ 벼를 털다 稲を叩く; いねをたたく

조선의 농가에서는 탈곡기를 사용하지 않았기 때문에 땅을 평평하게 해서 이를 단단하게 한 다음 벼를 다발 채로 땅에 쳐서 벼를 떨어뜨린다.

‖ 일본 イルボン

일본의 뜻.

‖ 이놈 イノム

'이 자식이'라는 정도의 뜻.

‖ 이치코 イチコ

무녀를 이치코라고 한다. 이치코는 이와키코(イワキコ齋子),[96] 미코(ミコ)는 야미코(ヤミコ)를 줄인 말이다[97]. 조선 무녀는 일본 무녀보다 수와 세력이 월등하다. 조선 말기에는 궁중에서 그 위세를 떨쳤던 무녀도 있었다. 무녀는 일본과 같아서 신탁神託을 통해서 현세의 길흉을 점친다. 종, 피리, 북, 술 등을 울려서 춤추며 소리를 지른다.

‖ 조기 石首魚; いしもち

'石持'라고도 쓰며, 일본에서 말하는 굴비[98]이다. 조선인들이 매우 좋아하며

---

96) 이치코를 '神巫・巫子・市子'로 표기할 수 있으며, '잇키코(齋子)'에서 유래된 것으로 보임. 여기에서 '이와키코(イワキコ)'는 '잇키코(イッキコ)'로 추정됨.
97) 미코를 '巫女・神子'로 표기 할 수 있으며, '가미코(神子)'를 줄인 말. '야미코(ヤミコ)'는 '가미코(カミコ)'로 추정됨.
98) 일본어로 조기를 '이시모치(石持)' 혹은 '구치(愚痴)'라고 함.

명태와 동일하게 관혼상제에 없어서는 안 되는 생선이다.

‖ 편경 石樂器; いしがっき

조선 고대로부터 전해져 내려온 돌 악기로, 돌을 쳐서 다양한 음색의 소리를 내는 것이다. 유명한 아악에도 이것이 포함되어 있다. 경성의 경학원經學院에 도 진열되어 있다.

‖ 돌솥 石鍋; いしなべ

돌로 된 전골냄비이다. 황해도, 함경도 부근에서 많이 산출된다. 조선 명물의 하나.

‖ 널뛰기 板飛; いたとび

조선 처녀들은 정월 경이 되면 마당 한편에 길이 여섯 자[99] 폭 한 자 정도의 널빤지를 놓고, 널빤지의 가운데 부분은 활 모양으로, 양쪽 끝부분은 조금 땅을 파서, 양쪽으로 움직이게끔 한다. 사람이 떨어질 때의 땅의 반발력을 약화시키기 위해서 구멍에 짚단 등을 깐다. 그리고 두 명이 각각 널빤지의 양쪽 끝에 서서, 한쪽이 다리에 힘을 줘서 발을 구를 때 다른 쪽은 몸을 가볍게 위로 펴면 몸이 땅에서 멀어진다. 멀어진 다리에 힘을 줘서 몸을 숙여서 널빤지 끝으로 떨어지면 한 쪽은 몸을 날려서 점차 높이 나는 것이다. 예부터 조선 처녀들은 높은 담벼락이 있는 집 깊숙한 곳에 거처하면서 외출이 금지되어 있기 때문에 나이가 차면 젊은 남자를 보기 위해 이 놀이가 고안되었다고 한다. 또한 널뛰기를 할 때에 처녀들은 등에 드리워진 검은 머리나 끝에 묶인 빨간 리본, 치마, 떨어질 때의 몸의 곡선미 등이 젊은 남자들에게 황홀감을 주었을 것이다.

‖ 돌 사람 石の人; いしのひと

이것을 석인石人이라고 읽는 것이 옳지만, 노랫말에서는 돌의 사람(石の人)라고 읽어도 상관없다.[100] 이는 하니와 인형埴輪人形[101]과 동일한 목적이며, 능

---

99) 한 자는 약 30.3cm이므로 약 180cm.
100) 일본어 한자 읽기는 단카의 음률을 맞출 때 문제가 되는 사항.
101) 하니와 인형(埴輪人形)은 일본 고분 위나 주변에 진열된 흙으로 만든 인형.

陵을 수호하며 서 있는 것이다. 돌로 새겨진 사람이다. 조선의 산야에 산재하고 있는 고분에는 대부분 세워져 있다.

‖ 석수 石獸; いしのけもの
석인石人과 마찬가지로 돌로 된 짐승이다.

‖ 사정 射亭; いてい
활을 쏘는 정자를 말한다. 고려 시대의 개성 관덕정觀德亭 등도 사정이라 한다.

‖ 돌에서 자다 石に寢る; いしにねる
조선인은 여름에 돌다리 위 같은 곳에서 누워서 밤을 잘 지새운다.

‖ 돌기둥 石柱; いしのはしら
조선은 석재石材가 많기 때문에 돌기둥을 자주 사용한다. 특히 경회루의 돌기둥은 대표적인 것으로, 건축예술의 정수이다.

‖ 누추한 마을 いぶせき町
조선의 초가집이나 토담이 이어지는 회색 마을. 온돌의 연기가 흘러나오고 주막이 이어지고 김치냄새가 진동하는 마을. 불결한 감이 농후하다.

‖ 색동이불 色布團; いろぶとん
조선에서는 빨강과 검정, 흰색과 빨강 등 단색의 천을 사용하고 있다. 온돌방의 옷장 위 같은 곳에 겹쳐져 있다.

‖ 의암 義岩; いがん
의암이라 읽는다. 임진왜란 때 왜장인 게야무라 로쿠스케毛谷村六助를 끌어안고 투신하였다. 유명한 의기義妓로 지금도 매년 제사를 지낸다고 한다. 죽을 당시 마지막 장소였던 바위를 '의암義岩'이라고 한다. 경남 보현普縣남강南江 변에 있다.

‖ 은행 銀杏の實; いちょうのみ
조선인은 은행을 잣과 더불어 불로장수의 자양물로서 귀하게 여겨 각종 요리에 사용하며, 과자를 만들 때에도 쓰이고 김치 류를 담글 때에도 사용한다.

뗏목 筏舟; いかだ

뗏목은 전라남도 제주도와 압록강의 명물로 통나무를 뗏목처럼 엮어서 만든 작은 배. 해상을 왕래할 때도, 고기잡이를 할 때도, 그물망을 칠 때도, 해초를 캘 때도 이용된다. 고풍적인 모습이다.

읍면 邑面; イプミョン

읍邑이라고도 하고 면面이라고도 하는데 이는 일본에서의 '마치町', '무라村'에 해당되는 것이며 행정구획의 호칭이다. 현재 조선의 읍의 수는 49, 면의 수는 2,415로 추산된다. 단, 예전의 읍은 도읍, 성읍이라는 뜻이며 성내城內를 읍내邑內라고 하고 성외城外를 읍외邑外라고 칭했다.

읍장 邑長; イプチャン

읍장은 일본의 촌장村長에 해당되는 읍을 통할하며 읍을 대표하는 자이다.

우(う)

소머리 牛の頭; うしのあたま

주막에서는 소를 죽이면 한동안은 소머리를 가게에 장식해서 성업중임을 보여 손님을 끄는 수단으로 했다. 손님들 입장에서는 그 소머리를 보면서 탁주를 마시는 것이 가장 즐거운 일이다.

소뼈를 입에 문다 牛の骨をしやぶる; うしのほねをしゃぶる

주막에서 소뼈를 도끼로 자르는 모습을 자주 보게 되는데 뼈에 붙어 있는 고기를 그대로 술안주로 입에 물고 먹는다.

소창자 牛の腹; うしのはら

주막 선반에 흔히 진열되어 있다. 이것도 술안주로 자주 쓰인다.

소의 발톱을 깎다 牛の爪を削る; うしのつめをけずる

이것 역시 주막에서 자주 볼 수 있는데 뜨거운 물에 삶아서 다리의 털과 발톱을 벗기고 부드러운 부분을 먹는다.

‖ 소를 모는 아이 牛をひく鮮童; うしをひくせんどう

조선에서는 열한두 살 정도의 아이가 흔히 소를 끌고 다닌다. 그 정도로 조선의 소는 온순하지만, 일단 일본으로 건너가면 조선소朝鮮牛라고 해서 난폭한 소의 대명사가 된다고 하는데 신기한 일이다.

‖ 소뼈를 파내다 牛の骨を掘る; うしのほねをほる

강변 등에 버려서 묻어 놓은 소뼈를 근래에는 돈이 된다며 이를 찾아 캐내서 장사를 하는 조선인이 있다.

‖ 우리 ウリ

'나'라는 의미.

‖ 울산성지 蔚山城址; ウルサンじょうし

가토 기요마사加藤清正[102]가 울산에 진을 치고 장교를 독려해서 성을 쌓고 가신家臣인 가토 야스마사加藤安政[103]로 하여금 농성하게 했다는 임진왜란의 격전지이다.

‖ 소 흉내를 내는 놀이 牛まね戲; うしまねぎ

이는 황해도 지방에서 행해지는 농부의 놀이이다. 음력 8월 15일 추석에 두 명의 젊은이가 엉덩이를 맞대고 엉거주춤한 자세를 해서 짚으로 짠 큰 돗자리를 그 위에 덮고, 한 쪽 남자는 가늘고 긴 나뭇가지를 내려뜨리고 마치 소의 꼬리인양 가장하는 것이다. 그리고 다수의 젊은이들은 이를 끌고 밤늦게까지 마을을 돌아다니며 집집마다 방문해서 부잣집 앞에 가게 되면, 두 개의 짧은 막대기(소의 뿌리에 해당 됨)로 문을 두들겨서 '옆집 소가 굶고 왔습니다. 무엇인가 먹을 것이 있으면 주시오'라고 소리 지르면 그 집에서는 술과 음식을 내오고 일행을 대접한다. 이는 정월에도 동일하게 행해진다.

---

102) 가토 기요마사(加藤清正, 1562~1611년). 임진왜란 당시 왜군의 장수로 우리나라를 침략한 일본의 무장.

103) 원문에는 '加藤清'로 표기 되어 있으나 가토 야스마사(加藤安政, 15??~15??)로 추정됨. 가토 야스마사는 임지왜란 당시 울산 성에서 농성했으며, 가토 기요마사의 가신이었음.

‖ 와당 瓦當; ウアタン

와당은 처마 기와의 각각에 붙어 있다. 모양에는 다양한 문양이나 문자가 있고, 기와 연구는 주로 이 부분을 가지고 연구된다.

‖ 부채 團扇; うちわ

조선의 부채는 황칠黃漆, 흑칠黑漆을 하며 임유荏油[104]가 칠해져 있고, 형태에 따라 오엽선, 연엽선, 파초선이라 부르며 무늬에 따라 태극선(두 개의 소용돌이巴가 그려져 있다)이라고 하고, 색은 자녹紫綠, 황아청黃鴉靑, 운암雲暗, 오색五色을 혼합한 것이 있다.

에(え)

‖ 혜음령 惠陰嶺; えいんれい[105]

벽제관碧蹄館 부근에 있는 옛 전쟁터이다.

‖ 영성 永成; えいせい

신라 시대 향가의 달인으로 도적을 만나 향가를 한 수 읊으니 도적을 심복시키고 입산하게 했다는 전설이 있다.

‖ 영흥 永興; えいこう

원산, 함흥의 중앙에 있는 중요한 역으로 사적지로서도 유명하다. 태조나 아버지 항조가 전쟁의 공을 세운 곳이다. 영흥에서 일 리 반 정도 떨어진 곳에 이태조의 탄생지가 있다.

‖ 에-헤-야 エーエヘヤ

부르는 소리. 여유로운 음률을 지니고 있다. 대원군[106]이 경복궁의 재건을 계획해서 팔도로부터 부역 인부를 징발했다. 그 원망의 소리라고 하는 다음

---

104) 원문에는 '荏浦'로 표기되어 있는데 오식으로 추정.
105) 현대 일본어에서는 'けいいんれい'로 많이 읽히고 있으나 え행에 있기 때문에 'えいんれい'로 표기.
106) 원문에는 '太院君'으로 표기.

과 같은 민요가 있다.

에-에헤야, 에헤에헬, 방아로구나, 에-, 을묘, 갑자의 3월 3일에 경복궁의 땅 고르기.

‖ 역둔토 驛屯土; えきとんど

역토驛土와 둔토屯土를 합한 말이다. 병합전의 조선 관리에게는 여비를 지급하지 않고 적당한 거리의 역토를 골라서 역토의 특산물을 지급해서 순차적으로 종사시켰다. 둔토는 병사의 식량을 경작하는 논밭이다. 병합과 더불어 역둔토는 폐지되었지만 국유지로 편입되어 인민에게 소작시키거나 팔아넘기거나 했다.

‖ 위만 조선 衛滿朝鮮; えいまんちょうせん

약 2,120년 전 연燕 나라 사람 위만衛滿이 기자箕子의 후예를 마한으로 쫓아보내고 스스로를 조선 왕이라 칭했다. 경기, 충청, 강원, 평안의 모든 도에 그 세력을 펼쳐, 한편으로는 한나라의 요동遼東태수太守와 약속을 하고 그 외신外臣이 되어 새외종족塞外種族의 진압을 맹세하였으나, 손자인 우거右渠[107] 대에 이르러서 한漢과의 소통을 소홀히 하여 무제武帝에 의해 망하였다. 그 기간이 3대 80여 년이었다.

‖ 영련 楹聯; えいれん

주련柱聯이라고도 한다. 세로로 써서 나무판에 글씨를 파 기둥에 붙인 시의 연구聯句이다. 전각殿閣, 사관寺觀, 누각, 정자, 사柶에는 반드시 이 주련이 걸려 있다.

‖ 환구단 闤丘壇; えんきゅうだん

황단皇壇이라고도 한다. 천신지기天神地祇를 모시는 사우祠宇가 있다. 그 사우와 황궁우皇穹宇를 말한다.

---

107) 원문에는 '右深'으로 표기되어 있는데, 오식으로 추정.

174

‖ 온돌 溫突; オンドル

조선 가옥의 난방 장치로, 아궁이부터 바닥에 여러 개의 화기가 통하는 굴을
파서 그 위에 평평한 돌을 깔고 또다시 그 위에 점토를 바르고 유지油紙를 깐
방이다.

‖ 할미꽃 翁草; おきなぐさ

조선 산야 곳곳에 자생하고 있지만, 관모봉의 심산옹초深山翁草, 부산, 경성,
원산, 지리산, 백두산의 조선의 옹초는 다른 곳에서는 볼 수 없는 종種이다.
길이는 다섯 치108)에서 한 자. 전체가 흰 털로 덮여 있고 잎은 뿌리에서 모
여 있으며 깃꼴겹잎이고, 그 중앙에서부터 꽃줄기가 나온다. 사오 월경 한줄
기에 꽃잎이 여섯 장인 꽃이 하나 핀다. 꽃잎의 외부는 흰 털이 덮여 있고 내
부는 흑자색黑紫色으로 아름답다. 암술 끝의 변형 물은 마치 노파가 은발머리
를 덮어쓴 듯한데, 할미꽃이란 이름은 이 때문에 붙여진 것이다.

‖ 어머니 オモニ-

정확하게는 모친을 가리키는 말이나 일본인 가정에서 부리는 조선인 취사부
炊事婦를 일반적으로 어머니라고 부른다.

‖ 한글 諺文; オンムン

언문オンムン이라고 읽는다. 언문은 조선고유의 문자이다. 세종 28 년, 훈민정
음이라고 제목을 붙여 처음 공포되었을 당시는 28모음이었으나 현재 사용되
고 있는 언문은 25모음이다.

‖ 머리카락을 태우다 髮燒く; かみやく

남녀 모두 머리를 빗을 때 빠진 머리카락을 일 년 동안 상자에 넣어두었다가

---

108) 한 치는 약 3cm, 따라서 다섯 치는 약 15cm.

정월 날 저녁에 이것을 태워서 버린다. 질병을 예방할 수 있다는 미신에서 시작되었다. 이는 아마도 손사막孫思邈의 『천금방千金方』109)에 '정월 인일寅日, 두발을 태우면 길하다'라는 문구에서 관습화 되었을 것이다.

‖ 가야금 伽倻琴; カヤグム

열두 현이며, 보통의 일본의 고토琴 크기의 반에도 미치지 않는 소형의 고풍적인 금琴이다. 가야의 국왕인 가실嘉實이 처음으로 악사인 간인干靭에게 만들게 한 것이라고 한다.

‖ 해빙기 解氷期; かいひょうき

한강, 임진강, 대동강, 두만강, 압록강 기타의 겨울철에 해빙이 시작된 시점부터 끝날 때까지의 시기를 말한다. 해빙과 동시에 압록강 등에서 뗏목을 띠우는 광경은 장관이며 심신이 모두 활기를 느끼게 된다.

‖ 까치 鵲; カチ

까마귀보다는 다소 작고 부리는 검정색으로 크며 날개는 백색 부분과 흑색 부분이 있고, 흑색 부분은 녹자색의 광택이 난다. 꼬리는 검고 길다. 울음소리는 '까치까치'라고 하는 것처럼 들려서 까치라는 이명異名은 여기서 온 것같다. 조선, 중국에 일반적으로 서식하는 까치鵲의 일종이다.

‖ 입모 笠帽; カルモ

갈모(カルモ). 관冠, 입자笠子로 비를 막기 위해 쓰는, 조선의 종이에 임유荏油를 바른 것으로 접으면 부채와 비슷해서 길이 일곱여덟 치, 펼치면 우산과 유사해서 작은 주름이 있다. 우산과 같은 뼈대는 전혀 없다. 좌우 양쪽 끝에 실을 달아서 턱에 묶도록 되어 있다.

‖ 옹기 甕; かめ

주방용 도기로 조선에서 오래된 전설을 지닌 도기인 것 같고, 어딘지 모르게 신라의 도기와 비슷한 풍취가 풍긴다. 조선 가옥에는 크고 작은 것으로 수십 개를 갖추어서 술, 간장, 된장, 김치, 물 등을 담아두는 것으로 사용되며 때로

---

109) 중국 당나라 때 손사막(孫思邈, 581~682년)이 지은 의학서.

는 곡류의 저장, 비료 운반, 시체를 묻을 때에도 사용된다.

기와 瓦; かわら

전甎, 기와瓦류에서 조선 시대의 것은 문양이 고려 시대의 것보다 정교하지 못하다. 와당瓦當을 보더라도 확실히 정교한 맛이 결여되어 있다. 그러나 큰 건축물에서의 장대한 아름다움에 조선 시대의 거친 표현이 충분한 효과를 발휘하고 있는 것이다.

홍전문 紅箭門; かうせんもん[110]

능, 원, 묘, 대궐, 관아 등의 앞에 서있는 홍색의 문을 말한다. 도리이鳥居[111] 와 흡사하며 계수나무가 곧게 서 있고 상부에 걸쳐놓은 두 개의 횡목橫木에 는 수십 자루의 활을 세워놓았다.

개성 開城; かいじょう

고려조 천 년의 왕터로 고적古跡이 많다. 인삼의 산지로도 유명하다. 송도松都 라고 칭하고 있다.

• 선죽교善竹橋 : 고려 말기의 충신 정몽주가 암살된 돌다리로 다리 위 핏자국은 행객의 간담을 서늘하게 한다.

• 만월대滿月臺 : 고려 34대 500년의 왕궁터로 지금은 완전히 폐허가 된 초석만이 있을 뿐이다.

• 박연朴淵폭포 : 기암괴석이 좌우로 어지럽게 서 있는 사이로 흘러들어 온 물이 한 줄기의 폭포가 되어서, 64 길丈[112]의 높이에서 떨어진다. 슬픈 전설을 지닌 폭포이다.

해인사 海印寺; かいいんじ

가야산 중턱에 있는 한반도의 삼대三大 고찰중 하나이다. 예부터 병화兵禍가 미치지 않고 대적광전大寂光殿은 고금무쌍의 기교를 보이며, 대장경판당大藏經 板堂 두 동棟이 있다. 희대의 경판經板 팔만여장을 강화도로부터 옮긴 것이다.

---

110) 홍전문(紅箭門)은 현대일본어 읽기로는 'こうせんもん'이지만 か행에 포함되어 있기 때문에 옛날 표기에 따라 'かう'로 표기함.

111) 일본 신사(神社) 입구에 세워서 신역(神域)을 표시하는 일종의 문.

112) 한 길은 약 3m이므로 여기에서는 대략 200m.

신라 애장왕 때에, 고승인 순응順應이 창건한 절이다. 가야산은 사금강四金剛의 하나이다.

‖ 가면극 假面戲; かめんぎ

탈(タツル), 조선의 무언극이다. 아취雅趣는 결여되어 있지만 토속적인 향기가 농후하다. 지금은 쇠멸되었다.

‖ 비녀 簪; かんざし

비녀(ビネ-), 조선 부인의 머리를 묶을 때 사용된 쇠붙이, 혹은 그 외의 금속제의 막대 모양으로, 한 쪽이 둥글게 된 머리꽂이이다.

‖ 까치 カチ

p.176, [까치 鵲; カチ] 항 참조.

‖ 낙엽송 落葉松; からまつ

조선 곳곳에 있지만, 특히 북방의 주요수목이다. 낭림산狼林山, 백두산白頭山, 최가령崔哥嶺, 완모봉冠帽峰 등의 조선 낙엽송은 사할린의 시콘탄마쓰(しこんたんまつ)[113]와 유사하다.

백두산에는 별도로 다부리야카라마쓰たぶりやからまつ[114]라고 하는 것이 있다.

‖ 가마 窯; かま

조선에서는 '요窯'의 한자 대신에 '부釜'자를 보통 사용한다. 조선 가마의 구조에는 자연스레 그 계통이 표출된다. 예를 들면 서쪽 지방의 자기 가마, 소위 할죽형등요割竹形登窯이며, 남쪽 지방의 자기 가마는 원형등요圓形登窯이다. 조선시대 도자기와 관계가 깊은 분원分院 및 계룡산 가마는 할죽형등요에 속하며, 둘 다 자기 가마, 즉 사기 가마인 것이다. 사기 가마는 간단한 터널 가마를 사용하는 경우가 많다. 단 터널이 아궁이 가까운 부분에서 열쇠고리 모양으로 굽어 있는 것이라든지, 가마의 등쪽 가운데 부분이 낮고 낙타의 등처럼 보이는 것 모두가 조선의 옹기 가마이다.

---

113) 낙엽송 종류, 미상.
114) 낙엽송 종류, 미상.

‖ 갈보 蝎甫; カルボ

매춘부로 주로 주막에 거주하고 있지만, 도시에서는 유곽 내에 가게를 차리
고 있다.

‖ 아악 雅樂; ががく

현재의 조선 음악에는 왕가에 전해진 것과 민간에 전해진 것 두 종류가 있
다. 왕가에 전해진 아악에는 송악頌樂과 속악俗樂이 있으며, 고래로 왕가의 의
식향연에 쓰였다. 즉 고대 중국의 하, 은, 주나라 때에 쓰인 궁중음악이 당나
라 때에 조선으로 전래되어 조선 초에 명나라 제도를 모방해서 개작한 음악
이다.

악기는 팔음八音이라고 하는 형체와 소재에 따라서 여덟 종으로 크게 분류하
고, 또다시 75종으로 작게 분류하고 있다.

‖ 관등절 觀燈節; かんとうせつ

연등절燃燈節이라고도 하며 등석燈夕이라고도 한다. 음력 4월 8일, 9일 양일에
저녁 무렵이 되면 집집마다 점등을 해시 처마에 그 집 자녀의 수만큼 연등을
매다는 관습이다.

기(き)

‖ 다듬이질 砧; きぬた

다듬이 판(パンツー)115)이라고도 한다. 원형의 방망이와 다듬잇돌이 있고, 방
망이는 박달나무로 다듬잇돌은 박달나무 혹은 화강암으로 만든 것이다. 사시
사철 밤낮을 가리지 않고 옷감을 다듬이질 했는데 특히 가을 저녁에 정성을
다해 다듬이질하는 부녀자의 모습에는 멀리서 들리는 소리는 여수를 자극하
는 애절함이 있다.

---

115) 원문에는 '파ンツー'라고 표기 되어 있으며, 다듬이 판으로 추측.

귀부 龜趺; キフ[116]

고구려 말[117]에서 신라 초부터 사용된 비석의 대석臺石이다. 거북이 모양으로 새겨진 것으로 대표적인 것이 경주 서악의 무열대왕비의 대석 및 경성 파고다 대원각사지비大圓覺寺趾碑의 대석이다.

씨름 脚戱; きゃくぎ

각력脚力이라고도 한다. 조선의 '스모角力'[118]이다. 일본의 스모와 다른 점은 의복을 입은 채 각각의 왼쪽 허벅지에 천을 묶어서 서로의 천을 잡아서 상대를 쓰러뜨리는 것이다. 경기 구역의 넓이에는 제한이 없고 어느 한 쪽이 쓰러질 때까지 싸운다. 음력 5월 5일 단오 명절에 남자들의 놀이로 성행하고 있다.

기자 箕子; きし

지금으로부터 약 삼천 년 전에 중국 은나라 주紂왕이 주나라의 무武왕에게 멸망되었을 때, 주왕의 태사였던 기자가 오천의 망명자를 이끌고 조선으로 들어와, 무왕에게 왕으로 봉해져서 평양을 수도로 하고 조선을 통치했다고 되어 있다.

기자라는 것은 인명도 존칭도 아니며 실제 이름은 서여胥餘이다. 자손이 이어져 사십 대代, 구백여 년이라고 전해진다. 기자라는 것은 기箕나라의 자손이라는 의미인 것 같다. 기나라는 연燕나라 유주幽州의 별칭이다. 조선인은 지금도 여전히 이 기자를 조선 왕가의 조상인 양 존중하고 숭배한다.

구봉침 九鳳枕; きゅうほうまくら[119]

구봉침(クボンチン). 조선 가정에서 사용되는 부부 베개이다. 봉합된 양쪽 원면에 두 마리의 어미 봉황과 일곱 마리의 새끼 봉황을 아름답게 수놓았기 때문에 구봉침이라고 한다. 신혼부부에 한해서만 쓰이는 베개이다. 길이 약 세

---

116) 원문에는 '龜跌'로 되어 있는데, 오식으로 추정.
117) 원문에는 '고려 말'로 되어 있는데, 탈자로 추정.
118) 스모(すもう)를 '相撲'로 쓰기도 함. 일본의 씨름.
119) 현대 일본어 읽기에서는 '九鳳'를 'くほう'로 읽으나 き행에 포함되어 있어서 'きゅうほう'로 표기.

자, 지름 다섯 치.

‖ 근역 權域; きんいき

조선의 또 다른 이름이다.

‖ 꿩 雉; きじ

각지 소나무숲에 많이 서식한다. 고려꿩과 만주꿩 두 종류가 있으며, 수컷은 깃 색깔이 아름답고 며느리발톱이 있다. 암컷에는 며느리발톱이 없다. 비상 력이 약하고 지상에 둥지를 튼다. 조선에서는 예부터 군기軍旗 끝부분에 꿩의 깃털을 꽂는다. 지금도 농기農旗, 선기船旗에 꿩의 꼬리털을 묶어 꽂곤 한다. 이는 꿩의 털이 맑은 날에는 딱딱해지고 비 오는 날에는 부드러워져 기상을 예지할 수 있기 때문이다.

‖ 기생 妓生; キーサン

기생이라고 하며, 품격 있고 아름다운 옛 헤이안 시대平安時代120)의 유녀를 연상하던 것도 이제 과거의 일이 되었다. 현재는 기생의 품위도 점차 저하되고 일반적인 예기藝妓처럼 되었다. 왕년에는 궁숭의 기생이었다. 관기官妓는 마을의 기생에서 선발된 자이며, 표면적으로는 여의女醫라든지 재봉사 등의 직함 하에 있지만, 실은 연악燕樂121)의 흥을 돋우는 것이 유일한 일거리였다. 혹은 정치에도 관여해서 조용히 세력을 떨치던 시대도 있었다. 이 관기 제도 는 고려 말에 시작된 것이며, 태조가 수도를 개성에서 경성으로 천도할 때에 도 수많은 관기를 수반했다고 한다. 때문에 궁궐을 떠난 후에도 기생의 자긍 심은 높고, 이후 상류계급의 사교에 있어서 기생은 없어서는 안 되는 존재였 던 것이다.

‖ 목침 木枕; きまくら

조선의 목침(モクチム)은 소나무 혹은 그 외의 목재로 길이 여섯 치 폭 네 치 정도의 정방형으로 대패로 민 정도의 지극히 간단한 것으로, 여름철이 되면

---

120) 간무천황이 헤이안쿄(平安京)로 천도한 794년부터 가마쿠라 막부를 개설한 1185 년까지의 약 400년간의 일본 정권.
121) 중국 고대, 중세의 속악(俗樂). 아악(雅樂)에 대한 향연악(饗宴樂).

진드기가 많이 서식을 해서 낮에는 목침을 때려서 이를 제거하는 모습을 자주 본다.

‖ 소기름 牛脂; ぎゅうし
조선의 시골에 가면 불고기에 사용되는 소기름을 종유種油 대용으로 등불을 켜는 데 사용한다.

‖ 은가락지 銀指輪; ぎんゆびわ
조선의 부인들은 대부분 굵은 은반지를 끼고 있다. 근대 도시인들은 금반지를 끼고 있는 경우가 많다.

‖ 은방 銀房; ぎんぼう
은銀 세공가게이다.

‖ 옥방 玉房; ぎょうくぼう
옥玉 세공가게이다.

‖ 귀신 鬼神; きしん
불교가 현격히 쇠퇴하고 신도神道[122]를 믿지 않는 조선에, 조선인을 지배하는 신령으로 귀신이 있음을 놓쳐서는 안 된다. 귀신은 천신天神, 지신地神, 수신水神, 금수어류禽獸魚類의 혼령 혹은 암석초목岩石草木의 정령인 경우가 있지만, 주로 죽은 인간의 혼이라고 생각되었다. 귀신은 조선인에게는 운명화복運命禍福을 지배하는 부처나 신과 같은 존재이다.

‖ 기생학교 妓生學校; キーサンがっこう
예부터 교방敎坊이라는 것이 있어서, 가무와 음곡을 교습해서 기녀를 양성하고 있었다. 고려 8대 현종왕 때 그 폐해가 심해서 폐지를 명했으나 철저히 폐지한 것이 아니었기 때문에 11대 문종왕 때에는 교방의 제자를 연등회에 초대하거나 25대[123] 충렬왕 때에는 각 군의 기녀를 선발 수용해서 교방의 충실을 계획하기도 했다.

---

122) 일본 민족 사이에서 발생한 고유의 민족 신앙.
123) 원문은 '35대'로 되어 있는데 오식으로 추정.

현재의 기생학교는 이 교방과 같은 기관이어서 평양에만 설치되어 있다.

‖ **풀뿌리를 캐다** 草根堀; くさねほり

봄철 눈이 녹을 무렵부터 들과 언덕에서 풀뿌리를 캐고 있는 흰옷을 입은 여자아이의 모습은 조선의 슬픈 광경이다.

‖ **화전민** 火田民; くわでんみん[124]

산림을 태우고 개척한 화전火田에 농사를 지어서 과세를 피해서 생활하는 자로서, 이들은 비료를 주지 않고 땅이 척박해지면 또다시 다른 산림을 택해 화전을 개척하는 식으로 이주한다.

눈 녹을 때를 기다려서 식기를 짊어지고 이동해가는 한 무리의 화전민의 모습은 조선의 비애이다. 토굴 혹은 동굴식의 주거에는 원시인을 방불케 하는 최하층민의 모습이 보인다.

‖ **화관** 花冠; くわかん

칠보(금金, 은銀, 유리琉璃, 거거硨磲, 적주赤珠, 마노瑪瑙)[125]로 장식한 부녀자의 예복용 관이다.

‖ **군수** 郡守; ぐんす

일본의 군장郡長에 해당한다. 군을 통할하고 관청업무도 처리하는 한편 공공단체의 업무도 처리한다.

‖ **관왕묘** 關王廟; くわんおうびょう

관왕묘는 공자묘인 문묘文廟에 대한 무묘武廟라고 할 수 있다. 촉한蜀漢의 관우關羽를 모신 곳으로 각지에 이 웅장한 묘우廟宇가 있다. 관우가 죽은 후 하

---

124) 화전민(火田民)은 현대일본어 읽기로는 'かでんみん'이지만 く행에 포함되어 있기 때문에 옛날 표기에 따라 'くわ'로 표기함.

125) 칠보에는 금(金), 은(銀), 유리(琉璃), 거거(硨磲), 마노(瑪瑙), 산호(珊瑚), 파리(玻璃)가 있다. 赤株는 구상(球狀)인 산호로 추정됨.

늘로 간 인간의 선악善惡과 사정邪正은 관우의 영靈으로 상소된다고 믿고 있어, 유교적으로 제사하는 풍습이 있다. 독실한 무속 신앙인은 물론이고 민간에서도 매일 참배하여 기도하는 사람도 많다.

‖ 풀베기 북 草刈太鼓; くさかりだいこ

여름에서 가을에 걸쳐서 풀을 베는 사람은 대체로 소년, 청년이다. 풀을 베는 도중 낮에 쉴 때 귀가 길에 그들은 손에 작은 북을 들고 법화法華의 북처럼 박자를 맞춰서 북을 치지만, 아침 무렵의 시골길을 지나가는 이 행렬과 소리, 저녁 무렵 언덕길을 내려오는 행렬과 소리는 시정詩情을 자아내는 면이 있다.

‖ 과거 科擧; くわきょ

과거라는 것은 예부터 조선에서 행해진 문무관의 등용 시험이다. 윤달인 해, 혹은 자子, 묘卯, 우牛, 유酉 년年인 해에 정기시험이 있고, 나라에 경사가 있을 경우 임시시험이 있다.

게(け)

‖ 경성 京城; けいじょう

조선 오백 년의 수도.

- 경복궁 : 현재 주된 전당殿堂은 근정전, 경회루이다. 황폐해진 후원에는 육각 이층의 향원정香遠亭이 있다. 민비를 시해한 장소인 건청궁乾淸宮이 바로 가까이에 있어 애수를 자아내고 있다.
- 창덕궁 : 정문인 돈화문敦化門은 임진왜란 때 화를 면해 경성 5대 목조 고건축의 하나. 조선 초기 양식이다. 1884년, 갑신정변 때에는 창덕궁을 중심으로 싸웠기 때문에 전흔戰痕이 문주門柱에 남아 있다. 인정전仁政殿의 천정과 대들보, 벽은 훌륭한 장식과 더불어 장미壯美함을 보여주고 있다.
- 창경원 : 정문을 홍화문弘化門이라고 한다. 전당殿堂의 중심 건물은 명정전明政殿이다. 창경원을 예전에는 수강궁壽康宮이라고 했으며, 조선풍의 건축이 그 궁터로 궁전 중에서 가장 오래된 것이다. 동물원, 식물원, 박물관이 있다.
- 조선호텔朝鮮ホテル : 후원後園 로즈가든은 고려 시대 목멱성木覓城이 있던 자리로 임진왜란 때에는 우키타 히데이에浮田秀家[126]가 진지陣地한 곳으로 환구단이라고

하는 육각당은 조선 임금의 황제즉위식이 거행된 곳이다. 조선의 예술미를 보여 주는 화루畵樓를 중심으로 정원이 만들어져 있다. 철도직영으로 그 규모의 광대함은 동양 유수有數의 최대 호텔이다.

- 보신각 : 종로 네거리 모퉁이에 있다. 대종大鐘은 지금으로부터 약 450년 전에 즉, 정조正祖 13년127)에 주조되었다. 높이 약 한 길, 둘레 두 길 정도의 대종으로 본래는 남대문 누상樓上에 있었으며, 조석朝夕으로 각 문의 개폐 시각을 알렸던 것이다. 이 종루鐘樓를 보신각이라고 한다.

- 파고다공원 : 대리석의 탑파塔婆이다. 십삼 층탑으로 임진왜란 때 일본군에 의해 세 층은 내려졌었는데, 무게를 이기지 못하고 무너졌다고 한다. 사백 수십 년 된 유물로서의 탑과 귀비龜碑는 조선 초기 불교공예의 자부심이다.

- 경학원經學院 : 매년 춘추 두 번 석전釋典을 엄수嚴修한다. 경학을 강연하고, 풍교風教와 덕화德化를 돕는 기관이다. 대성전大成殿128), 악기고樂器庫, 명륜당明倫堂, 비천당조闡堂이 있다. 본래의 성균관이다.

- 세검정洗劍亭 : 인조 때에 건설해서 세검정이라 명명되어 있다. 계류溪流의 큰 암석 위의 육각정자이다.

- 노인정老人亭 : 민비閔妃 일가의 별저이었다.
  오토리大鳥 공사公使가 대한민국정부 개혁위원과 협의한 곳이다. 깊숙하고 그윽한 곳이다.

- 한강漢江 : 조선 육대 강의 하나. 뱃놀이, 달 보기, 스케이트, 불꽃놀이, 얼음 위의 잉어낚시 등의 정경은 경성의 오아시스다.

- 덕수궁德壽宮 : 월산대군月山大君의 구택舊宅이라고 한다. 정문을 대한문大漢門이라 칭하며, 정전은 중화전中和殿, 석조전石造殿은 순수 르네상스식 대건축물이다. 임진 왜란 때 우키타浮田 사료료左京亮129)가 진지陣地했던 궁전이다.

‖ 경주 慶州; けいしゅう

신라 건국에서부터 약 천년 동안의 신라문화를 자랑하는 고도古都이다.

---

126) 우키타 히데이에(宇喜多秀家・浮田秀家, 1572~1655년). 일본 전국 시대의 무장.
127) 정조 13년은 1789년인데 문맥상 맞지 않음. 종로 네거리에 종을 단 것은 세조 4(1458)년의 일.
128) 원문은 대정전(大政殿)으로 되어 있음.
129) 일본 율령제도에서 사법, 행정, 경찰을 맡았던 행정기관의 관직명.

- 오릉五陵 : 사릉蛇陵이라고도 한다. 다섯 기의 고분 중에 한 기는 표형분瓢形墳으로 신라 시조왕 박혁거세, 박혁거세비妃, 남해왕, 유리왕, 사파왕婆娑王의 능이라고 새겨진 돌이 서 있다. 주변에 문천蚊川이 흐르는 남쪽 솔숲 중에 있다.
- 황릉사皇陵寺 : 신라 진흥왕 신궁新宮을 건축하고자 할 때에 황룡黃龍이 나타났기에 불사佛寺로 바꿨다. 거대한 불당 초석이 규모가 광대했음을 상상할 수 있다.
- 분황사芬皇寺 : 예전에 구층탑이었던 것이 지금은 삼층으로 되었으며 안산암安山岩을 쌓아 올린 수법, 문비門扉에 있는 금강역사金剛力士의 조각, 탑 네 모퉁이에 있는 돌사자 모두 감탄할 만한 것이다.
- 무열왕릉비 : 현재는 비석 몸체는 없어지고 단지 귀부龜趺130)와 이수螭首131)만이 있을 뿐이다. 화강암에 정치精緻하게 새겨 사실적인 수법으로 묘미의 극치를 보여주는 신라 중세미술의 정화精華이다.
- 첨성대 : 화강암으로 쌓아 올린 높이 약 서른 자의 원통형 위에 이중의 '정井'자 모양의 돌을 얹어 놓은 천문대이다. 동양 최고最古의 것이다.
- 석빙고石氷庫 : 화강암으로 만든 얼음을 저장하는 곳으로 천 개가 넘는 돌로 궁륭穹窿의 가구법架構法으로 만들어져 완전하고 대규모이며 교묘함의 극치를 보여주고 있다.
- 반월성半月城 : 왕성王城의 하나로 건물의 흔적은 남아 있지 않고 높이 세 길에서 여섯 길 사이, 길이 약 여덟 정町132)의 토벽만 남아 있다.
- 봉덕사거종奉德寺巨鍾 : 조선 최대의 종으로 기술의 정련精鍊함은 다른 것과 비교할 수 없는 신종神鐘이다.
- 포석정鮑石亭 : 신라 경애왕景哀王이 비빈妃嬪과 함께 있을 때 백제 대군이 난입한 역사상 저명한 참극의 장소이다. 유상곡수연流觴曲水宴133)을 즐길 때 어이없게도 이곳에서 멸망을 했다는 슬픈 전설의 땅이다. 전복 모양의 돌 홈(석거石渠)이 있다고 하여 포석정이라고 일컫는다.
- 불국사佛國寺 : 토함산 기슭에 있는 신라 법흥왕 27년, 긴메이 천황欽明天皇134) 시

---

130) 거북 모양으로 만든 비석의 받침 돌.
131) 건축물이나 공예품에서 뿔 없는 용의 모양을 아로새긴 형상. 비석의 머리, 궁전의 섬돌, 돌기둥에 많이 새김.
132) 한 정은 약 109m로 약 900m.
133) 수로를 굴곡지게 만들어, 그 안에 물을 흘려보내고 물 위에 술잔을 띄워, 그 술잔이 자기 앞에 올 때 시를 한 수 읊는 놀이.

대에 건립한 것으로 대웅전大雄殿, 다보탑多寶塔, 석가탑釋迦塔, 사리탑舍利塔, 청운青雲, 백운白雲의 두 개의 석교石橋 등은 신라 전성기의 모습을 떠올리게 한다. 본전本殿의 비로자나불과 아미타불좌상은 신라불상 중 일품逸品이다.

• 석굴암石窟庵 : 눈 아래로는 동해가 보이고 토함산에 있는 원형의 석굴이다. 입구 좌우에는 사천왕상, 인왕상이 있으며, 내부 중앙에 석련대石蓮臺 위에 높이 여섯 자의 석가부좌상이 있다. 주위의 벽에는 반육조半肉彫인 나한상, 보살상이 있고, 중앙에는 11면 관음보살입상이 양각陽刻으로 되어 있다. 주위 벽 위의 감실에는 열 구의 작은 불상이 안치되어 있다. 모두 화강암이지만 석조라고는 볼 수 없을 정도로 기법이 유려하고 경건하며, 비범한 걸작으로 지금의 조선 불상 중 가장 탁월한 것이다.

‖ 결빙기 結氷期; けっぴょうき

조선 중부에서 이북에 걸쳐 엄동설한에 얼음이 얼 때에는 내지의 교통이 불가능해지기 때문에 토목건축 그 외의 작업이 중지될 수밖에 없고, 장사의 거래가 끊기는 이 시기를 결빙기 혹은 결빙이라고 한다.

고(こ)

‖ 골패 骨牌; コルペー

조선인이 가장 많이 사용하는 도박 도구이다. 동물의 뼈로 만들어진 패. 길이가 여덟 푼[135], 폭이 다섯 푼, 각각 숫자 부호가 새겨져 있고 총 서른세 장이다.

‖ 고려자기 高麗燒; こうらいやき

고려 시대에 전남 당진 대구면 일대 연안 지방에서 제작되었던 청자, 백자 혹은 회고려繪高麗라고 일컫는 것, 즉 미시마데三島手[136]처럼 정교한 운치가 있는 것 모두를 총칭해서 고려자기라고 한다. 고려자기는 신라자기, 조선자기와 더불어 당시 조선의 도자기 공업이 얼마나 발달했는지 여실히 보여주는 예술품이다.

---

134) 긴메이 천황(欽明天皇, 509~571년). 일본의 제 29대 천황으로 재위 539~571년.
135) 한 푼은 약 0.3cm이므로 여기에서는 대략 2.4cm.
136) 조선 분청사기(粉青沙器)의 일종.

‖ 갈퀴 木杁; こまざらひ

나무 갈퀴. 낙엽, 솔방울 등을 쓸어 모아서 연료로 하고 있는 조선에서는 거의 모든 집에 장비하고 있다.

대여섯 가닥의 쪼갠 대나무 끝을 구부려 빗자루 모양과 비슷한 것으로 둥근 장대를 붙인 것이다.

‖ 금강산 金剛山; こんごうさん

조선이 지니고 있는 세계적 국보라고 할 수 있는 경승지이다. 기묘한 봉우리, 기암괴석 일만이천 봉은 외금강, 내금강, 해금강海金剛으로 크게 분류할 수 있다. 호방하고 숭고한 산세는 신비함을 지니고 있다. 전설미와 건축미가 아우러져, 천하에 구가되는 대자연의 산악미는 세계적 경이로움이다. 군봉群峰과 계곡, 담연淡淵은 사시사철의 미를 마음껏 뽐내고 있다.

- 내금강内金剛 : 장안사長安寺, 유점사楡岾寺, 명경대明鏡臺, 삼불암三佛巖, 표훈사表訓寺, 정양사正陽寺, 만폭동萬瀑洞, 비로봉毘盧峰
- 외금강外金剛 : 한하계寒霞溪, 만물상萬物相, 신계사神溪寺, 옥류계玉流溪, 구룡연九龍淵, 상팔담上八潭, 신금강新金剛, 수렴폭水簾瀑, 연주담連珠潭, 비봉폭飛鳳瀑
- 해금강海金剛 : 삼일포三日浦, 적벽강赤壁江, 불암佛巖, 송도松島, 칠성암七星巖, 입석리立石里, 해만물상海萬物相, 총석정叢石亭

‖ 곡비哭婢; コクピ

장례 때 고용되어 우는 여자를 말한다.

‖ 오행점 五行占; ごぎょううらない

다섯 개의 작은 나무토막에 '금金', '목木', '토土', '화火', '수水'의 글자를 새긴 장기의 말과 같은 것으로, 다섯 개를 동시에 던져서 엎어지고 젖혀진 상태에 따라 설명서와 조합照合해서 길흉을 보고 신년의 운세를 점치는 것이다.

‖ 강화도 江華島; こうかとう

조선 삼대 섬의 하나로 역대 국왕의 피난처이며 사적史蹟이 풍부한 섬이다.

‖ 공자묘 孔子廟; こうしびょう

공자묘는 관왕묘關王廟에서 무묘武廟에 대한 문묘文廟라고도 한다. 각 지역에

현존하는 것 297곳이다. 사무는 부윤府尹, 군수郡守, 혹은 도사島司137)의 감독
하에 처리하고 봄, 가을 두 계절의 석존釋尊의 엄수嚴修및 경학經學을 강명講明
하고 사회를 교화하는 것을 목적으로 했다.

‖ 혼유석 魂遊石; こんゆうせき

능陵, 원園 등의 봉분封墳 앞, 상석床石 뒤에 있는 반석盤石. 네 개의 고석鼓石
위에 얹는다. 장방형의 상면 및 측면은 평평하고 매끄럽게 다듬어져 있다. 제
사 때에는 이 돌이 영혼을 맞이하는 것이다.

‖ 콩나물 コテナム

콩의 싹, 숙주나물이다. 콩의 싹을 먹는 풍습은 일본에서도 지방에 따라 볼
수 있지만, 조선처럼 곳곳에 사시사철 내내 애용하는 일은 드물다.

‖ 혼여 婚輿; こんよ

혼례의식 때 신랑은 백마, 신부는 가마를 타고 행렬한다. 그 가마를 혼여라고
하며 짊어지고 가는 인부를 혼여꾼婚輿軍이라고 한다.

사(さ)

‖ 사발 沙鉢; サバル

밥그릇을 말한다. 도기 제품으로 일본 것보다 서너 배 큰 것으로 여기에 한
그릇 가득 퍼서 밥을 먹는다.

‖ 삼한사온 三寒四溫; さんかんしおん

겨울철, 삼일 동안은 한기가 강하고 사일 동안은 따뜻해지는 것으로 비교적 규
칙적으로 반복되는 현상을 삼한사온이라고 한다. 소위 대륙성 기후를 말한다.

‖ 채빙 採氷; さいひょう

극한 기간에 동결했던 강 표면에 생긴 거울처럼 아름다운 얼음을 톱질해서

---

137) 일제강점기에 도지사의 감독 하에 섬의 행정사무를 맡아 오던 관직. 군수와 같은
관직.

두 자 내지 세 자의 장방형으로 잘라서 채취한 얼음덩어리를 마차馬車, 우차
牛車, 지게꾼이 창고로 옮기는 광경은 장관이다.

‖ 삼색과 三色果; さんしょくか
관혼상제 때 없어서는 안 되는 것으로는 대추, 밤, 솔방울의 세 종류를 삼색
과라고 한다.

‖ 제주도 濟州島; さいしゅうとう
제주도는 예전에 탐라국耽羅國이라고 했다. 하나의 국가를 형성하고 있던 거
도巨島이다. 해녀는 맑고 투명한 검푸른 바다에 잠수해서 해초, 전복 등을 채
취하고 남자아이를 키우는 풍습이 있다. 섬의 중앙에는 후지산富士山과 비슷
한 한라산漢拏山이 있다. 조선에서 두 번째로 높은 산으로 산정상에는 분화구
의 흔적이 있다. 예부터 변천 많은 역사를 지니고 있다.

‖ 산신 山神; さんしん
산님(サンニム)이라고 일컬어 산림을 수호하는 신이다. 무덤도 산신의 수호를
받는다고 여겨서 조선인은 무덤에 절하기 전에 반드시 산신에게 제사 지내
는 습관이 있다.
산신의 사우祠宇는 산신각山神閣이라고 해서 곳곳에 있다.
신체神體는 호랑이에 신선이 타고 있는 화상畵像이다.
호랑이를 산군山君이라고 부르며 숭배하는 것은 호랑이가 산신의 말이기 때
문인 것 같다.

시(し)

‖ 신선로 神仙爐; しんせんろ
동, 놋쇠, 화강석 등으로 만들어진 것이 있다. 지름 네 치내지 여덟 치 정도의
중앙에 지름 두세 치 내지 세 치 정도의 원통 모양의 불을 넣는 곳이 있으며,
주변의 움푹한 곳이 냄비로 되어 있는 삶는 요리에 쓰는 용기이다. 육수를
넣고 끓여서 육류, 채소류, 면류 등을 넣어서 끓여가며 먹는 것이다. 일본의
요세나베寄鍋[138]와 유사하다. 겨울 온돌방에서 신선로를 끓이면서 눈 오는

것을 바라보며 술잔을 기울이는 것도 조선의 정서이다.

‖ 사적 射的; しゃてき

사적(サチョク)이라고 해서 활의 과녁 혹은 활을 쏘는 것으로, 교외의 여러 곳에 사적장이 있어서 보통 활 연습 장소인 사정射亭이 세워져 있다. 춘추 계절에 신사紳士, 이민里民, 혹은 기생妓生 등이 서로 모여서 술잔을 나누며 즐긴다.

‖ 그네 鞦韆; しゅうせん

그네(コンネー)라고 일컫는다. 길이 열 자나 되는 것도 있으며 예부터 주로 부인들의 놀이였다. 따라서 조선 관습으로, 부인들의 경축일이라 할 수 있는 단 오절에는 지금도 여전히 추천일鞦韆日이라 칭하면서 성행하고 있다. 이것이 하늘 높이 날아오를 때 날개가 돋쳐 신선이 되어 하늘로 올라가는 것 같다羽化登仙고 해서 추천을 반선희半仙戲라고도 한다.

‖ 제기차기 蹴錢戲; しゅうせんぎ

제기(チョンギ)라고 해서 엽전(옛날 동전)을 나뭇잎 혹은 종이 등에 싸서 발로 차 올려서 노는 놀이이다.

‖ 수건관 手巾冠; シユコンクワン

기혼부인의 관冠이다. 백색의 견포絹布, 면포綿布를 수건처럼 세로로 길게 네 번 접어서 이마에서 머리 양쪽 옆으로 감아 끝은 뒤에 세운다. 주로 평안북 도 지방의 관습이 되었다. 겨울에는 겹으로 봄, 여름, 가을에는 홑으로 한다.

‖ 성황 城隍; じょうこう

성황은 미신의 대상 중 가장 널리 믿어지는 것으로 경성에는 성황단城隍壇이 있다. 각 도, 군, 청 소재지에는 반드시 각각 성황사祠가 있다. 이들은 국가에 서 건립한 국정國政의 하나로서 제사를 지내는 것이다. 그 밖에 촌락 곳곳에 는 촌민들이 마음대로 만든 사당이 있다. 사당이 없을 경우는 산 정상에 작 은 돌을 쌓아서 그 곳을 신위神位로 여기고 숭배한다. 이 신은 인도의 조신祖

---

138) 일본 전골요리의 일종.

神, 즉 산토신産土神으로 안남安南[139])을 거쳐서 남청南淸[140])에 전해져서 점차 북진해서 조선으로 들어와, 여기에 암석숭배와 도로의 수호신, 주나라 태공 망太公望의 전처 등의 네 가지가 합쳐져 제사지내게 된 것이다.

인천 仁川; じんせん

조선에 있어서 가장 오래된 개항장開港場이며 조수간만의 차이가 서른다섯 자로 세계에서 그 차이가 두 번째로 큰 것으로 유명하다.

- 월미도 : 섬에는 조탕潮湯,[141]) 수영장이 있고 살구꽃이 많아 도시인들의 유람 장 소이며, 임오군란에 하나부사花房 공사公使[142])가 피난했던 곳이다. 청일전쟁 때는 우류瓜生 소장[143])이 이끄는 군함이 러시아의 군함 두 척을 격침한 곳도 이곳 바 닷가이다.

석왕사 釋王寺; しゃくおうじ

석왕사 역을 사이에 둔 서북 일 리 설봉산雪峰山 속에 있는 큰 사찰이다. 조선 의 서른 본산本山 중 가장 탁월하다. 이태조가 승려 무학無學의 진언進言에 따 라 창건한 것으로 역대 조선왕조의 기원장소 이었다. 전당, 가람의 스무 동은 장엄함의 극치를 보여준다.

주을 온천 朱乙溫泉; しゅおつおんせん

사면이 높은 산으로 둘러싸인 유수한 곳으로 북한 최고의 좋은 온천이다.

사당 祠堂; しどう

사당(サタン). 선조의 위패를 안치하는 곳이다. 특히 가묘家廟로서 별동別棟을 건설하는 경우도 있는가 하면, 사당방祠堂房으로 별당別堂을 설치하는 경우도 있고 거실 벽장에 설치하는 경우도 있다. 음식물을 마련해서 불을 켜고 예배 를 드리는 일은 동서양의 관습이 동일하다.

---

139) 베트남의 다른 이름.
140) 중국 청나라의 남쪽 지역. 지금의 중국의 남쪽 지방을 이르기도 함.
141) 바닷물을 끓이어 쓰는 목욕탕.
142) 하나부사 요시모토(花房義質, 1842~1917년). 일본 메이지(明治) 때의 외교관.
143) 우류 소토키치(瓜生外吉, 1857~1937년). 일본 해군.

‖ 신라자기 新羅燒; しらぎやき

조선의 도자기 제품 중, 가장 오래 된 역사를 지니는 것이 신라자기이다. 경주자기라고도 한다.

제조법은 신라 시대에 중국에서부터 전래된 것으로, 훌륭한 기술을 지녔는데 경주 부근의 고분, 논밭 밑에서 발굴된 것으로 추측하는 방법밖에는 없다. 현재의 자기제품 중 모조품이 가장 많다.

‖ 윷놀이 四木戱; しもくぎ

p.204, [윷놀이 擲柶; てきし] 항 참조.

‖ 서당 書堂; しょどう

조선에서는 지금처럼 보통학교가 없었을 당시에는, 서당이라고 해서 일본에서의 데라코야寺小屋144)와 같은 것이 있었다. 지금도 계속 서당이라는 이름으로 아이들을 교육하고 있는 곳이 있다.

‖ 상밥집 床食家; しょうしょくや

밥집을 말하지만 종종 주막으로 오해하는 사람이 있다. 바닥의 구조가 흡사한 이유에서이겠지만 주막은 대문이 있는 집이고 가옥도 크며 옥상에는 초롱이 내걸려 있다. 반면 상밥집은 대문이 없으며 가옥도 작고 바닥에 서서 숟가락을 들고 있는 사람이 있고 온돌방에 양반다리를 하고 젓가락을 들고 있는 사람이 있다. 손님은 노동자와 시골사람이다.

‖ 색주가 色酒家; しょくしゅや

색주가란 여자를 대기시키고 술을 파는 가게를 일컫는다. 혹은 술을 파는 가게에 있는 작부酌婦 그 자체를 말한다. 고려 시대 숙종 9(1104)년 경에 각 현縣에 명해서 쌀을 지급하고 술과 음식을 파는 집을 개업하게 했는데, 이것이 색주가의 시작인 것 같다.

색주가를 요즘에는 내외주점內外酒店이라고도 한다.

---

144) 일본 에도시대(江戶時代, 1063~1867)에 읽기, 쓰기, 주판 등을 가르쳤던 서민 교육기관.

신 シン

조선인이 평소에 신는 신발을 총칭해서 신이라고 한다. 가죽, 마, 짚, 목제 등이 있고, 양말로 쓰이는 버선(ポソン)은 심지로 솜을 넣어서 발 모양으로 바느질을 하였다. 남자용의 짚신은 백색, 여자용의 짚신은 어린이용과 동일하게 녹, 청, 황, 홍 등의 채색을 갖추고 있는데 한복과의 조화가 잘 어우러져 있다.

스(す)

술집 酒幕; スルチビ[145]

술집(スルチビ). 일본에도 시골에 남아 있는 나와노렌縄暖簾[146] 식인 간단한 술집이다. 손님 대부분은 노동자로 바닥에 서서 술을 마시는 형식의 평민적인 가게구조이다. 술은 탁주濁酒(막걸리), 백주白酒, 청주淸酒, 약주藥酒, 소주燒酒 등, 안주는 소고기, 돼지고기, 대구포, 명태포, 그 외 생선, 김치 등이다. 이상한 점은 술은 잔 수에 따라 가격을 매기는데, 안주는 술 한 잔 어느 정도라고 대충 그 양을 정했을 뿐, 가격을 정해놓지는 않았다.

수원 水原; スウォン

경성으로부터 약 칠 리 정도 떨어진 나무의 도시, 물의 도시이다. 동서남북에 사대문이 있고, 높이 약 이십 자 정도의 성벽이 시가市街를 에워싸고 있으며, 그 총 길이는 만삼천이백 자 정도이다.

- 서호西湖 : 옛날 정종대왕이 건설한 저수지이다. 중국 항저우杭州의 시후西湖를 따라서 언덕 위에 항미정杭眉亭이 있다. 수원의 수려한 백미이다.
- 화홍문華虹門 : 수원 최고의 경승지이다. 예전 조선의 1원 지폐에 인쇄되었다. 용두각龍頭閣이라고도 한다. 누각 밑에 일곱 개의 석문石門이 있고 화천華川이 통과하고 있다.
- 화수류정花隨柳亭 : 화홍문 바로 가까이에 있는 언덕 위에 있으며, 빨강색 난간이

---

145) '酒幕'은 'しゅまく'로 읽어야하나 す행에 포함되어 있기 때문에 'スルチビ'로 표기.

146) '노렌(のれん)'이란 가게 이름을 넣어서 점두(店頭)에 치는 막인데 많은 새끼줄을 드리워서 그 노렌의 대용으로 한 것이라 추측.

용두지龍頭池에 비춰지며 사계절 풍취를 즐기기에 절호의 장소이다.

• 팔달문八達門 : 남문南門이라고도 한다. 웅장하고 화려한 이층루二層樓이다.

‖ 버리는 소변 捨小便; すてしょうべん

조선인은 소변을 요강 안에 눈다. 요강은 온돌방에 두었다가 용기가 차게 되면 오가는 길에 버리는 습관이다.

세(せ)

‖ 빨래방망이 洗濯杵; せんたくきね

나무로 된 봉으로 의류를 두들겨서 떼를 씻어 내는 세탁 봉이다. 산이건 강이건 물이 있는 곳에는 빨래방망이로 옷을 두드리는 소리가 들려온다.

소(そ)

‖ 설렁탕 雪濃湯; ソルロンタン

소머리, 소뼈 혹은 그 내장 등을 삶은 육수에 소금으로 간을 해서 다진 파, 고춧가루를 곁들여 밥과 면류를 넣은 따뜻한 국물로 많이 즐겨 먹는다.

다(た)

‖ 단군 檀君; だんくん

중국 요제堯帝 25년에 백두산의 단목檀木아래에 내려온 신인神人을 그 땅의 사람들이 원수元首로 숭배했는데, 이를 단군이라 일컫고 국명을 조선이라 불렀다고 전해진다. 혹자는 단군은 황해도 9월에 산 밑으로 내려왔다고도 하며, 평안도 묘고산妙高山의 석굴에서 태어났다고도 한다. 일본의 옛 전설에서 신뢰할 만한 내용은, 스사노오노미코토素盞嗚尊[147]가 단군이라고 되어 있다. 단군이 내려 온 뒤 천이백 여 년 동안 어떠한 신화도 구비口碑도 전해져 오지

---

147) 일본 신화에 등장하는 신 중 하나.

않고 있다.

‖ 타추희 打芻戱; タチユーウイ

타추희(タチユーウイ). 별자리가 나후성羅睺星[148]인 사람은 운이 나쁘다고 해서 추령芻靈을 만든다. 동전을 머리에 넣고 짚으로 만든 인형으로, 상원上元 즉, 음력 정월 15일 전야의 해질 무렵에 이를 마을에 버려서 액을 면하는 것이다. 어린아이들이 서로 경쟁해서 인형의 머리를 깨고 동전을 빼앗은 다음 추령을 땅바닥에 집어 던진다.

‖ 답청절 踏靑節; タプチョンチョル

들판에 나가서 새 풀을 밟는 일이다. 음력 3월 3일을 답청절이라고 한다.

지(ち)

‖ 치마 チマ

상裳 즉, 군裙을 말한다. 조선의 부인 복장의 하나로 하의인 하카마袴[149]에 두르는 것이다. 치마는 홑겹이며 안감은 없다. 끈 밑 부분에 주름을 잡고 가슴 부분에서 묶어 점차 치맛자락이 넓어지는 모양이다. 그 자태가 참으로 우아하다.

‖ 저고리 チョコリ

조선 부인의 상의이다. 길이는 한 자 정도이며 하의와의 사이에 등이 보이며 가슴이 드러난다.

‖ 총각 チョンガア

미혼인 남자를 말하며 마흔, 쉰이 되어도 아내가 없으면 총각인 것이다. 그러나 보통 총각이라고 하면 어린아이를 일컫는다. 단발하지 않은 사람은 여자아이처럼 머리를 묶어서 등 뒤로 늘어뜨리고 있다.

---

148) 구요성(九曜星)의 하나. 구요성으로 운명의 길흉을 점침.
149) 일본의 전통의상 중, 허리부터 발까지 덮는 의복. 대체로 양다리 부분은 두 개로 나뉘어 있음.

196

‖ 지게 チゲ

지게꾼擔軍을 말한다. 일본의 세오이이타背負板150)와 유사한 것으로 하부에 모양이 사슴뿔처럼 칼을 꽂는 곳처럼 두 자루의 막대를 내서 이곳에 짐을 올려서 옮긴다. 지게를 짊어진 사람을 지게꾼이라고 일컫지만 간단히 지게라고도 부른다.

‖ 조선 연 朝鮮凧; ちょうせんたこ

크기는 대개 반지半紙151) 혹은 미농지美濃紙152)를 통상으로 하며 중앙에는 큰 밥그릇 정도의 크기로 구멍을 뚫어, 일본의 사각四角 연과 비슷해서 꼬리가 없어도 잘 난다. 능숙하게 끈을 조정해서 곡예도 잘한다. 연의 끈을 끊는 싸움도 즐겨한다.

‖ 조선지 朝鮮紙; ちょうせんがみ

종이의 재질은 상당히 강인하다. 닥나무로 만든다. 남조선에서 많이 산출 되며, 길이 세 자, 폭 한 자 네다섯 치, 빈곤한 가정에서는 겨울철에 솜대용으로 비벼서 옷 속에 꿰메어 넣는다. 솜보다 기볍고 온기를 유지히고 기격도 씨서 이용되고 있다. 만주 쪽으로도 해마다 거액으로 수출되고 있다.

‖ 장고 長鼓; チャング

장구(チャング)라고도 한다. 예부터 전해져 온 악기 중에서 가장 일반적으로 쓰인다. 장고는 길이 약 두 자 다섯 치, 공동空洞인 양쪽 면에는 말가죽으로 덮으며, 지름은 두 자 정도이다. 몸통은 중앙이 가늘고 양쪽이 부풀어 있으며, 붉은색으로 칠해져 있다. 그리고 양쪽 면 테두리에서부터 여러 줄의 빨강색 끈을 쳐서 중앙의 네 곳을 끈으로 묶었다. 장고는 앉은 자세로 왼쪽은 손바닥으로 치고, 오른쪽은 대나무 채를 들고 친다.

‖ 조선의 장례식 朝鮮葬式; ちょうせんそうしき

죽어서 삼일 혹은 오일인 홀숫날을 점쳐서 출관出棺하는데, 그동안 매일 밤낮

---

150) 산에서 일할 때 필요한 도구들을 넣고 등에 지고 운반하는데 사용 되는 기구.
151) 일본의 종이의 표준규격으로 가로 25cm, 세로 35cm.
152) 반지(半紙)의 두 배 크기의 종이.

으로 상식上食을 하고 상주와 친족은 곡哭(コク)이라고 해서 죽음을 슬퍼하며 운다. 여자는 남편의 장례 때 이외에는 따르지 않는 습관이 있기 때문에 남편이 아닌 다른 장례식 행렬인 경우는 관 옆을 붙잡고 운다.

장여葬輿는 장여꾼葬輿軍이 짊어지고 그 앞뒤로 상주, 친족 및 방상씨方相氏,153) 곡비哭婢(コクビ) 등이 따르고, 명기銘旗 그 외의 장례 도구를 들고 줄지어서 오옵하는 소리를 낸다. 이는 죽은 자에 대한 예의이다. 묘지에 도착해서는 영결식을 올리고 관을 땅에 묻는다. 끝나면 신위神位을 집으로 들고 가서 사당(가묘)에 모신다.

‖ 조선개 朝鮮犬; ちょうせんけん

일본개日本犬와 동일하게 털이 거칠고 강하다. 귀가 서 있고 입 꼬리가 뾰족하고 입가는 깊게 찢어져 있다. 외모는 거칠게 생겼지만 성질은 겁이 많고 얼핏 보면 늑대와 비슷하다. 도회지 이외의 각 집에서 기르며 집 지키는 개로 키울 뿐만 아니라 식용으로도 한다는 점에서는 중국과 비슷하다.

‖ 조선말 朝鮮馬; ちょうせんば

체구가 왜소하고 비교적 담력이 있다. 굽은 견고하고 양쪽 다리 관절은 잘 발달되어 있고 조식粗食과 물에 잘 견딜 수 있다는 특징을 지니며 제주도가 명산지名産地이다.

‖ 조선소 朝鮮牛; ちょうせんぎゅう

유순한 점은 다른 소와 비할 데 없고 경작용이나 운반용으로 중시되고 최근은 식용으로도 간몬關門,154) 우라니혼裏日本155)을 거쳐서 일본 내지內地로 유입되었다. 평양소平壤牛는 특히 유명해졌다.

‖ 조선 옷장 朝鮮簞笥; ちょうせんたんす

의장衣欌이라고 한다. 일본의 옷장과는 그 정취를 달리하고, 높이 네 자, 폭

---

153) 옛날 궁중의 나례(儺禮) 의식에서 악귀를 쫓는 사람.
154) 시모노세키시(下關市)와 기타큐슈시(北九州市) 모지구(門司區). 간몬해협은 중국과 조선을 왕래하는데 있어서 중요한 요지.
155) 일본 열도에서 동해 쪽에 해당되는 일대의 지역.

세 자 정도로 각 단은 여닫이문으로 되어 있다. 진유眞鍮 등의 금속 소재를 많이 사용하고 옻칠을 하며 청패靑貝를 박는 등 매우 예술적이어서 기생의 배경에 걸맞다.

‖ 조선옷 朝鮮服; ちょうせんふく

상의, 하의, 두루마기周衣의 세 가지로 분류되어 소재는 목면, 마, 인견, 견 등이 많고, 특히 인견은 가격, 광택 등이 조선인의 취향에 맞아서 수요가 증가하고 있다. 색은 흰색이 많고, 그렇기 때문에 부인들은 세탁하는 데 상당히 바쁘다. 예부터 여러 번 흰옷 금지령이 내려졌지만, 스스로 백의민족이라고 일컫는 조선인에게 있어서 흰옷의 폐지는 쉽지가 않다. 그러나 최근의 자력갱생운동과 맞물려서 색복 장려色服獎勵[156] 정책이 행해져, 차차 바뀌는 모양이다. 여학생은 본래부터 있던 치마를 개량해서 주름을 많이 잡은 다소 긴 치마를 입고, 그 우아한 스타일은 춘추의 계절에 한층 더 눈길을 끈다.

‖ 조선 인삼 朝鮮人參; ちょうせんにんじん

인삼은 예부터 조선의 특신물로 각 지방의 신과 들에 조금이라도 생산되지 않는 곳은 없는데, 경기도 개성[157] 부근에서 생산되는 것은 고려인삼이라고 해서 귀하게 여겨지고 있다. 인삼은 적어도 오륙 년을 경과해야 채취되는 것으로, 이를 제조법에 따라 백삼白蔘, 홍삼紅蔘의 두 종류로 구별한다. 즉 물로 씻은 다음 그대로 일광으로 건조시킨 것이 백삼, 물로 씻어 찐 다음 일광 혹은 화력으로 건조한 것이 홍삼, 그래서 전자는 백색, 후자는 황갈색이다. 또한 산삼이라고 하는 것은 심산유곡深山幽谷에 자생한 것으로 백 년이 경과되며, 한 뿌리에 이천수백 원에 매매된다.

‖ 조선배 朝鮮船; ちょうせんせん

조선배(チョウソンペイ). 흘수吃水[158]가 깊고 밑바닥이 평평하며 현저하게 뱃머리가 높아 한 눈에 알아볼 수 있는 형태이다. 돛은 흰색이지만 옅은 붉은색

---

156) 일제강점기 조선 문화 및 풍속 말살 정책의 하나로 백의 폐지를 위해 실시한 정책.
157) 개성은 현재 황해도이나 일제강점기 당시에는 경기도에 속했음.
158) 배가 물 위에 떠 있을 때, 물에 잠겨 있는 부분의 깊이.

으로 염색된 것이 많다. 멍석으로 된 돛도 적지 않다.

‖ 주머니 チュモニー

긴챠쿠巾著159)를 말한다. 여름에 흰색 치마 사이에 살짝 보이는 주머니에는 조선의 정취를 느낄 수 있다. 색채가 진한 면포를 원형으로 꿰매 입구를 가는 실로 조여서 치마 밑에 달아서 금전, 그 외의 작은 소품을 넣는 것이다.

‖ 조선담뱃대 朝鮮煙管; ちょうせんきせる

담뱃대(タンバッテー)라고 한다. 길이가 두 자나 되는 것도 있다. 금속 소재로는 진유眞鍮, 백동白銅, 은銀 등으로 주조된다. 긴 것은 장죽長竹, 짧은 것은 단죽短竹이라고 한다.

‖ 조선 민요 朝鮮民謠; ちょうせんみんよう

조선을 민요국民謠國이라 일컫는 것처럼 조선인은 극적劇的이기보다는 음악적音樂的이며, 기악적器樂的이기보다는 성악적聲樂的이다. 종교, 철학, 미술 등 모든 것이 중국의 모방에 불과한 와중에도, 유일하게 민요는 고유하며, 민중적 감정의 발로發露로 조선 문학의 입지를 견고하게 해 왔던 것이다. 조선요朝鮮謠라고 해도 웅혼雄渾하고 위압적인 영남(경상)풍, 부드럽고 여유로운 호남(전라)풍, 애상적인 서도(평안·황해)풍, 맑고 한가로운 경성풍, 그 외 모심기노래, 방아타령, 자장가, 마부가, 나무꾼노래, 뱃노래, 물레타령, 베짜기노래, 성주풀이 등 각각 특수한 묘미를 지닌다.

‖ 장기 將棋; チャンギ

여름철에 나무 밑에서 낮이건 밤이건 큰 소리를 내면서 승부를 겨루고 있는 모습을 자주 볼 수 있을 것이다. 조선의 각 계층을 통해 바둑과 더불어 오래 전부터 하던 놀이로 표현할 수 없는 일종의 유유함이 있어 흥취가 있다.

‖ 도판희 跳板戲; ちょうはんぎ

p.169, [널뛰기 板飛; いたとび] 항 참조.

---

159) 일본의 주머니에 해당되는 것. 현대 일본어에서는 '巾着'으로 표기.

‖ 조선의 나팔꽃 朝鮮朝額; ちょうせんあさがお

만다라화를 일컬으며, 높이 서너 자, 잎은 계란형으로 이따금 결각缺刻이 있다. 백색, 자홍색의 깔때기 모양의 합판화合瓣花이다. 구상球狀인 열과裂果의 표면에 가시털이 있고, 과실 안에는 흑색의 열매를 지니고 있다. 이 열매扁子를 먹으면 즉시 발광發狂한다고 해서 광기가자狂氣茄子라는 이름이 있다.

‖ 주발 周鉢板; チユバル

진유제眞鍮製인 뚜껑이 있는 밥그릇, 국그릇을 일컫는다.

‖ 잡상 雜像; チャプサン

궁전식 가옥의 추녀마루에 배치되어 있는 것으로 맨 앞의 하나는 갑주甲冑를 입고 있는 원숭이 모양이고 그 뒤를 따르는 것은 보통의 원숭이 모양이다.

‖ 정자각 丁字閣; チヨンヂャカク

침전寢殿이다. 능원陵園 앞 쪽에 해당되는 곳으로, 박석을 통과해서 도달한 홍전문紅箭門 안쪽에 세워진 건물. 마치 정자丁字 모양의 장엄한 양식의 청색과 붉은색의 건물이 이것이다. 능원의 제사는 이 건물의 뒤편에서 이루어진다.

‖ 장주 長柱; ちょうちゅう

이정표이다.

‖ 조선 사슴 朝鮮鹿; ちょうせんしか

유제류有蹄類 중 반추류反芻類에 속하는 포유동물. 크기는 작은 말 정도이며, 전신이 갈색이고, 사지가 길고 튼튼하고, 꼬리는 짧다. 머리는 비교적 작고 눈과 귀는 비교적 크다. 수컷은 나뭇가지 모양으로 갈라진 뿔이 있다.

‖ 조선 철쭉 朝鮮躑躅; ちょうせんつつじ

조선에 서식하는 철쭉에는 진귀한 종류가 있다. 주된 종류를 크게 분류하면, 현해 철쭉玄海躑躅, 조선산 철쭉朝鮮山躑躅, 돌 철쭉石躑躅의 세 종류이다.
현해 철쭉은 홍색인 홍두견紅杜鵑, 백색인 백화현해白花玄海, 꽃이 필 때 잎을 지니고 있는 것을 상반현해常盤玄海라고 한다. 금강산에는 구현해狗玄海가 있고 경성에는 백화현해가 있으며, 둘 다 모두 진귀하게 여겨지며 상반현해는 북방에 자생한다. 조선산 철쭉은 별도로 양철쭉羊躑躅이라고 한다. 중부 이남에 많다.

돌철쭉은 국경인 고산지 암석 사이에 자생한다.

장장 張將; チャングチヤン

장승(チャンスン)이라고도 한다. 일본인 사이에서는 천하대장군天下大將軍으로
통한다. 도로의 수호신 또는 역병 악귀가 마을에 침입하는 것을 막는 신神이
다. 소나무 원목에 기교 없이 원시적인 조각을 해서 사람의 얼굴을 표현하며
하부에는 천하대장군 또는 지하대장군地下大將軍(지하여장군地下女將軍도 있다.
이것은 연지를 볼에 찍는다)이라는 문자를 새긴 표목標木이 이것이다.

조선 절임 朝鮮漬; ちょうせんづけ

김치沈菜라고 한다. 조선인의 부식물副食物 중 가장 주요한 것으로 재료는 배
추, 무, 당근, 생강, 마늘, 미나리, 다시마, 잣, 밤, 은행, 배, 명태, 조기, 문어,
참조기, 굴, 작은 새우 등을 적당히 넣어 소금, 고춧가루로 큰 항아리에 담가
서 땅 속에 묻어서 얼지 않게 한다.

쓰(つ)

두루마기 ツルマキ

두루마기周衣를 일컫는 말. 통소매로 걸치는 옷이며 여름에는 홑겹으로 겨울
에는 겹으로 혹은 솜을 넣어서 사계절 입는다.

각도 角塗; つのぬり

음력 정월 초축일初丑日, 붉은 색 염분染粉을 물에 녹여서 기르고 있는 소의
뿔을 칠하는 행사이다. 소의 털을 다듬거나 몸을 빗자루로 쓸거나 먹이를 주
거나 하면서 수고를 위로한다.

담쟁이덩굴 蔦; つた

산과 들에 자생한다. 오래된 성의 석벽石壁, 돌계단, 수목의 가지 등을 타고
올라간다. 가을에는 단풍이 들어 그 경관이 매우 아름답다. 경성 남대문을 타
고 올라간 담쟁이덩굴이 특히 유명하다.

‖ 단지 壺; つぼ

그 형태의 특징이나 용도에 따라 여러 종류의 명칭으로 분류된다. 조선의 옛
단지 등 꽤 운치와 풍취가 있다.

‖ 통도사 通度寺; つうどじ

물금역勿金驛으로부터 다섯 리. 신라 선덕왕 시대, 자장율사慈藏律師가 당나라
에 가서 석가의 사리와 가사를 가지고 와서 취봉산鷲峰山 아래에 봉안하고 그
위에 탑을 세워 창건하게 된 것이다. 해인사海印寺와 대조되는 큰 사찰이다.

‖ 봉선화물 爪紅; つまべに

조선의 부녀자는 봉선화 꽃잎을 따서 손톱을 빨갛게 물들인다. 양귀비楊貴
妃160)가 백학白鶴의 정령精靈으로 태어났기 때문에 손톱, 발톱이 빨갛다는 데
서 이를 모방하고자 중국으로부터 전해온 풍습이다.

데(て)

‖ 절놀이 寺遊; てらあそび

조선에서는 경승景勝의 산악에는 반드시 절이 있으며 절이 있는 계곡은 반드
시 경치가 아름답다는 연유에서 절을 유일한 위안의 장소로 유람하는 자가
적지 않다. 절은 한적하고 조용해서 심신의 보양에 좋고 조선에서는 특히 사
찰 안에서의 음식점 영업을 허가해서 그 수익으로 절의 유지를 돕는 풍습이
있다. 가격이 싸기 때문에 절에 가서 유흥하는 자도 많고 때로는 기생을 동
반해서 행락에 탐닉하는 자도 있어 신분이 높고 교양과 품위가 있는 남자들
의 공공연한 행락장인 것처럼 비춰지기도 한다.

‖ 돈치기 擲錢戲; てきせんぎ

돈치기(トンチキ). 일상생활에서 한가할 때의 놀이로 삼았지만 도박과 유사하
다는 점에서 금지된 이래, 어린아이들 사이에서 조용히 행해지는 유희가 되
었다. 설날과 추석 등에는 젊은이들의 오락이 되는 경우도 있다. 화폐를 일정

---

160) 원문은 '楊貴姬'로 되어 있음.

한 거리에 있는 목표에 던져서 그 목표물에 적중 여부에 따라 승부가 정해지는 놀이이다.

‖ 전당포 典當鋪; てんどうほ

전당포(チョンダンポ). 이것은 일본의 시치야質屋[161]와 동일하나, 조선에서는 금대업자金貸業者가 겸업하는 경우가 많다.

일본의 시치야 업의 관습과 다르지 않다.

‖ 윷놀이 擲柶; てきし

윷(ユッ). 척사(チョクサー). 데키시(テキシ)[162]라고도 한다.

설날의 유희로 즐겨 행해진다. 대회 같은 곳에는 기생을 불러서 가장 높은 득점을 딸 때마다 특수의 노래를 부르게 한다. 흥미와 운동을 겸하는 놀이로서 마작麻雀같은 것보다는 훨씬 좋은 점이 있다. 가마보코蒲鉾[163) 모양의 네 개의 막대기를 교묘하게 던져서 나타난 네 개 모두 엎어진 상태를 모牟라고 하며, 네 개 모두 젖혀진 것을 윷流이라고 하며, 세 개는 엎어지고 한 개는 젖혀진 것을 도徒라고 하고, 두 개는 엎어지고 두 개는 젖혀진 것을 개開라고 하며, 한 개는 엎어지고 세 개는 젖혀진 것을 걸杰이라고 한다. 별도로 마전馬田이라고 하는 것이 있어서 각 네 개의 말로 득점에 따라 전진한다. 도는 1점, 개는 2점, 걸은 3점, 모는 5점이다. 점수에는 우회 혹은 빠르게 가는 것이 있으며, 말에도 빠른 것과 느린 것이 있어서 승패가 흥미진진하다.

도(と)

‖ 토막 土幕; どまく

원시시대의 혈거穴居 다음 단계인 생활양식 굴립掘立식 오두막집[164)의 가장 불안전한 것이라 봐도 틀리지는 않을 것이다. 거주하는 사람 대부분이 안정

---

161) 에도 시대(江戸時代, 1603~1867)의 중요한 시민의 금융기관으로 전당포의 기능.
162) '척사(擲柶)'의 일본 발음.
163) 윷 모양과 흡사하게 생긴 일본 어묵.
164) 집을 지을 때 직접 땅에 기둥을 묻어 건축한 오두막집.

된 직업이 없고 걸식자인 경우도 적지 않다. 움막은 말하자면 빈민굴이라고 할 수 있다.

토담 土墻; どしょう

관공아官公衙, 중류계급 이상의 저택에 많이 볼 수 있는 담벼락으로, 돌을 쌓아 올린 장벽도 있지만, 보통 토담에 있어서는 길이 세 자, 폭 두 자 두세 치의 나무틀로 흙과 가는 모래와 석탄을 굳혀서 이것을 다섯 자 내지 일고여덟 자의 높이로 쌓고 윗부분은 기와 혹은 볏짚으로 지붕을 잇는다.

등배자 藤褙子; とうはいし

등등걸이(トグトンゴリ)라고 한다. 조선인의 땀이 옷에 배는 것을 막기 위한 것이며, 등나무를 잘게 쪼개어 원형으로 얽고 조끼 형으로 연결한 것으로 속옷 속에 착용한다.

고인돌 ドルメン

석기시대로 추정된다. 분포구역은 전라, 충청, 강원, 경기, 황해, 평안의 각도에 있으며 혹은 무리지어 있거나 흩어져 있다. 전라도의 것은 그 모양이 바둑판 모양으로 매우 간단한 구조이지만, 충청도부터 각도의 것은 복잡한 구조로 어느 정도 발전한 흔적이 보인다.

고인돌은 네 장의 석대石臺 위에 한 장의 큰 돌을 올려놓은 것이 일반적이다. 조선어로는 이것을 탱석撐石 혹은 지석支石이라고 한다.

토시 吐手; トス

토수(トス). 소매와 유사한 것으로 여름에는 등나무 혹은 말총으로 만들어 사용하고, 아세테누키汗手貫[165]와 동일하게 땀이 배지 않게 하고 겨울에는 겹, 솜누빔 혹은 모피 등으로 만든 방한도구이다.

통군정 統軍亭; とうぐんてい

압록강을 내려다보며 구연성九連城을 마주 보고 경관 좋은 삼각산 위에 자리 잡고 있다. 통군정은 오백 여 년 전에 창건된 것으로 중국과 싸울 당시 군을

---

165) 땀으로 소매에 오염이 생기는 것을 방지하기 위한 천.

통감統監했기 때문에 이름지어졌다. 청일전쟁 때, 구로키黑木[166]대장이 포열砲
列했던 곳으로 그때의 모습을 엿볼 수 있다.

‖ 동래온천 東萊溫泉; トンネおんせん

풍광이 아름다워 남조선이 자랑으로 삼는 온천이다. 또한, 임진왜란 때에 고
니시 유키나가小西行長[167]와 송상현宋象賢과의 격전지로 유명하다.

‖ 도묘 都墓; とぼ

도무덤(ツムドム)이라고 한다. 옛날에 전사한 병졸들의 시체를 모아서 매장한
큰 무덤을 말한다. 지금도 각처에 남아 있다.

‖ 동룡굴 蝀龍窟; ドンリョンくつ

평안북도 영변군 용산면 용등동 운학참 용문산 기슭에 있는 대종유大鐘乳 동
굴이다. 세계에는 많은 종유동굴이 있지만 현재까지는 미국의 '메머드' 동굴,
슬로베니아의 '포스토이나'[168]동굴 및 야마구치山口현의 '아키요시秋芳' 동굴
의 세 곳의 동굴이 최대의 것으로 알려졌으나, 동룡굴이 발견되면서부터는
광대하고 신비적인 기승奇勝이 많음은 앞의 세 동굴 어느 것도 이에 못 미치
고, 동룡굴은 일약 세계에서 최고의 대종유 동굴로서의 지위를 차지하게 된
것이다.

나(な)

‖ 안방 內房; ないぼう

조선의 가정에서는 남녀의 방을 엄격히 구별하고 있어 안방에는 남자의 출
입을 금지하고 있다. 호주戶主의 방은 상방上房이라고 하고 부녀자들이 기거

---

166) 구로키 다메모토(黑木爲楨, 1844~1923년). 일본 육군 군인.
167) 고니시 유키나가(小西行長, 미상~1600년). 도요토미 히데요시의 가신으로 임진왜
란 때 선봉에 섰던 유명 무장의 한 사람.
168) 원문에는 이탈리아의 '보다토미아(ボータトミヤ)' 동굴로 기술되어 있는데 포스토
이나의 이탈리아어 표기인 'postumia'인 것으로 보임. 현재는 이탈리아와 인접한
슬로베니아에 속함.

하는 방을 안이라고 한다. 왕년에는 아무리 사법관司法官이라고 해도 안방으로 침입할 수가 없었기 때문에 종종 남자가 여장을 해서 은밀하게 품행에 맞지 않는 짓이 극치를 달했던 때가 있어서 남자의 여장을 엄격하게 금했던 시기도 있었다.

‖ 남산 제비꽃 南山菫; ナムサンすみれ

경성 남산 계곡에만 있는 특유한 것으로 세계 식물학계에 소개되어 있다. 꽃이 피면 향기가 대단해서 최근에는 사람들에게 알려져 채취하는 사람이 많아졌다.

니(に)

‖ 마늘 蒜; にんにく

마늘. 조선인은 고춧가루 다음으로 마늘을 좋아한다. 날것 그대로 먹거나 초간장에 절여 장산醬蒜이라 일컬으며 식용으로 해서 절임음식에 반드시 넣는다.

마늘은 장건張騫[169]이 서역에서부터 중국으로 전하고 중국에서 조선으로 전해졌다고 한다.

‖ 부추 韮; にら

부추는 야생 부추인 호부추(중국부추 : 小韮)에 대해서 조선부추大韮[170]라고도 하며, 조선에서는 마늘과 동일하게 대부분 각 집의 채소밭에서 재배하고 있다.

뿌리는 강열한 향을 가지고 있고 육류의 이취異臭를 줄여주는 역할을 한다. 잎은 간장에 절여서 그대로 먹고 된장찌개의 재료로써 삶아서 초장 혹은 고추장에 무쳐서 먹거나 죽에 넣어서 먹거나 한다.

---

169) 장건(張騫, ?~BC 114년). 한나라 때의 여행가, 외교사절.
170) 원문에는 '고니라(小韮)', '오니라(大韮)'로 기술되어 있음. 일본 부추의 옛 이름은 고니라(小韮)이며, 중국에서 도래했으며, 호부추(중국부추)로 추정되며, 오니라(大韮)는 조선부추로 추정.

‖ 승냥이 豺; ヌクテ

늑대(ヌクテ). 포유류 중에서 육식류에 속하는 늑대의 일종. 몸은 개와 닮았는데 개보다는 크고 사지가 길며 꼬리 또한 길어서 발꿈치까지 닿는다. 전신이 황회갈색黄灰褐色으로 검은 털이 섞여 있고 배는 가늘고 희다. 눈은 작고 턱은 뾰족해서 날카롭고, 입은 귀밑까지 찢어져 있다. 성질은 매우 영맹獰猛하고 잔인하다.

토끼, 사슴, 노루,[171] 조류 등을 잡아먹을 뿐만이 아니라, 소와 말을 죽이고, 밤중에 종종 마을로 내려와서 가축을 잡아먹거나 혹은 갓난아이를 잡아가기도 한다. 한반도에 사는 맹수이다.

‖ 요강 尿壺; ネウガン[172]

입이 작은 둥근 단지. 조선인의 변기로 소위 소변 단지이다. 자기磁器, 진유眞鍮 그릇으로 밤중에 실내에 두고 볼일을 본다.

‖ 영감 ネンガミ

영감令監을 말한다. 군수 이상의 존칭이며 보통 결혼한 남자를 영감(ネンガミ, ヨンガム)이라고 부른다.

‖ 노루 獐; ノロ

조선의 산과 들에만 서식하는 특수한 종류의 짐승이다. 포유류 중에서 유제

---

171) 원문은 '璋'으로 되어 있는데 '獐'의 오식으로 추정됨.
172) '尿壺'를 일본어로 '이바리쓰보(いばりつぼ)'로 읽지만, ね행에 포함되어 있기 때문에 우리 발음대로 'ネウガン'으로 표기했음.

류有蹄類에 속하며 형태, 성질, 울음소리 모두 사슴과 비슷하지만 사슴보다는 작고, 뿔이 없다. 노루의 생혈生血은 불로강장의 묘약이라고 해서 노루가 잘 잡힌다는 곳에 생혈을 먹기 위해 멀리서 와서 며칠씩 체류를 한다. 그래서 총살된 직후 피가 응결하기 전에 심장부에 대나무 혹은 그 외의 관管을 찔러서 피를 빨아먹는 사람이 많다.

‖ 쥐불놀이 野火戲; のびぎ

조선의 시골에서는 음력 1월 15일, 해질 무렵에 젊은 남자와 소년들이 떼를 지어서 들판으로 향한다. 그래서 마른 들판에 불을 놓아 불타는 장관에 환호하고, 어느 정도까지 타 들어가는 것을 기다렸다 환성을 올린다. 이는 그 해의 운이 불처럼 일어날 것을 희망하기 위함이고 새싹이 힘차게 자라날 것을 기대하기 위함이다. 이날 밤에 횃불싸움을 하는 지역도 있는데 이를 거화전炬火戰이라고 한다.

하(は)

‖ 바가지 パカチ

포과匏瓜.173) 바가지는 조선말이다. 인가人家 주변에서 재배하고 토담이나 초가집 지붕에 얽혀있다. 여름에는 흰색의 큰 꽃이 피고 과실도 크며 보통은 둥근 모양이다. 삶아서 식용으로 하지만 잘 익은 과실은 반으로 잘라서 속을 제거하고 건조시키면 조선인 가정집에 없어서는 안 되는 기구器具가 된다.

‖ 점쟁이 賣卜者; ばいぼくしゃ

천문天文, 역수曆數를 고려하고 기상 이변을 보고 길흉을 점치며 화복禍福을 예언하는 사람, 소위 음양사陰陽師174)이다. 여름에는 길가의 나무 그늘에서 겨울에는 바람을 피해 햇볕에서 낡은 그림을 펼쳐서 네 모퉁이에 돌을 올려놓아 그림이 날아가는 것을 막고, 두어 권의 서적을 앞에 놓고 쭈그리고 앉

---

173) 원문에는 '瓠瓜'로 되어 있는데 '匏瓜'의 오식으로 추정됨.
174) 고대 일본의 율령제도 하에서 천문이나 역술, 점술을 맡은 기관인 음양료(陰陽寮)에 속한 관직.

아 있다.

‖ 팔음 八音; はちおん

아악雅樂에 쓰는 여덟 종류의 악기. 즉, 금(金 : 종鐘류), 석(石 : 경磬류), 사(絲 : 금슬琴瑟류), 죽(竹 : 피리류), 포(匏 : 생황笙篁175)류), 토(土 : 부缶류), 혁(革 : 고鼓류), 목(木 : 어敔류)의 총칭이다.

‖ 팔도 八道; はちどう

경기도, 충청도, 경상도, 전라도, 강원도, 황해도, 평안도, 함경도를 총칭해서 팔도라고 한다.

‖ 팽이 パンイ

일본 팽이의 원시적이 형태로 견고한 나무로 만든 것을 가죽 끈으로 쳐서 돌리는 놀이이다.

히(ひ)

‖ 백의 白衣; びゃくえ

조선인은 남녀노소를 불문하고 흰 옷을 즐겨 입는다. 흰 옷은 쉽게 떼가 타고 비경제적이기 때문에 고려 시대 말부터 조선 시대에 걸쳐서 금기령이 내려졌었지만 효과가 없었다. 불교관념에서 비롯된 것이기 때문에 이렇게까지 뿌리 깊은 것인지도 모른다. 흰 옷을 입고 있는 사람의 모습은 기교가 없어 보여서 경쾌하고 맑고 깨끗한 감이 있다. 조선의 자연과 참으로 잘 어울리는 존재이다.

‖ 옷 被服; ひふく

조선말로 옷(オシ)이라고 한다. 조선인의 복장은 상의上衣와 하의下衣와 두루마기로 이루어져 있다. 겨울에는 별도로 저고리를 덧입거나176) 배자背子를

---

175) 원문에는 '笙竽'으로 되어 있음.
176) 원문에는 '가유(加襦)'로 기술되어 있으며 겨울용으로는 솜저고리, 삼겹저고리가 있음.

입는다.

‖ 다리미 火熨斗; ひのし

다리미(テレビ). 여름철에 정원 안, 옥외, 길가 등에서 밖에서 자는 사람 옆에서 다수의 부녀자가 다리미에 석탄불을 피우고 빨랫감을 다듬고 있는 모습, 이 또한 조선 특유의 정경情景 중의 하나이다.

‖ 빈대 ビンデ

남경충南京虫을 말한다. 조선의 온돌방에 항상 있는 명물名物로 여행객을 힘들게 한다.

‖ 비각 碑閣; ビガッ

비각은 비碑와 각閣을 일컫는다. 비碑를 안치하고 있는 곳이 각閣이다. 능陵의 비석碑石, 원園의 비석, 송덕비頌德碑, 절부비節婦碑, 효자비孝子碑 등은 대부분 각 안에 세워져 있다. 각은 기와지붕으로 행랑채와 유사하며 빨간색 기둥에 푸른색 서까래인 경우 혹은 토굴土窟이나 암굴岩窟인 경우도 있다.

‖ 빈 殯; ビン

빈은 빈전殯殿, 빈궁殯宮, 가빈家殯, 빈소殯所, 출빈出殯, 산빈山殯 등으로 구별할 수가 있다.

빈전은 발인할 때까지 왕 혹은 왕비의 영구靈柩를 안치하는 전우殿宇이고 빈궁은 발인 때까지 왕세자 혹은 왕세자비의 영구를 안치하는 궁전을 말한다. 가빈은 발인 때까지 실내에 영구를 안치하는 것을 말한다. 출빈은 매장埋葬 전에 옥외에 빈소를 설치해서 시체를 안치하는 일, 산빈은 매안埋安 때까지 영구를 안치하기 위해서 산 속에 설치한 빈소를 일컫는다.

후(ふ)

‖ 부여 扶餘; ふよ

백제의 옛 도읍지.

• 부소산扶蘇山 : 사비성泗泌城의 왕궁터는 백마강白馬江을 마주 보는 산 위에 있다.

- 낙화암落花巖 : 사비성이 함락되자 궁녀들이 이 암석 위에서 강을 향해 몸을 던졌다.
- 백마강白馬江 : 금강錦江 하류를 백마강이라 일컫게 된 것은 당나라 장수가 백마白馬를 물속으로 던져서 용신龍神을 제압한 후 성城을 침공했다는 전설에서 유래한다.
- 고란사皐蘭寺 : 고란초皐蘭草는 지금은 멸종되었다.[177] 백제왕의 슬픈 역사를 지닌 절이다.
- 평백제탑平百濟塔 : 대당평백제탑大唐平百濟塔은 수당隨唐 시대의 전탑磚塔을 모방한 것으로 백제유물 중에서 가장 진귀하고 소중한 것이다.

‖ 복덕방 福德房; ふくとくぼう

토지가옥매매를 주선하는 일을 했으며 동네의 집회소이기도 했다. 예전에는 정치운동에까지 관여하고 있었다.

‖ 부윤 府尹; フイン

일본에서 시市에 해당되는 부府를 통할統轄하고 대표하는 관직.

‖ 보통학교 普通學校; ふつうがっこう

일본의 소학교와 동일하다. 고등보통학교는 일본에서의 중학교이다.

‖ 부도 浮屠; ふと

부도란 사리탑을 일컫는다. 둥근 석탑이다. '浮圖'라고도 쓴다. 고승高僧의 사리를 묻은 곳에 세운다. 또한 승려僧侶, 사찰寺刹, 사탑寺塔, 부처佛陀, 불교佛敎를 가리키는 말이다. 그렇기 때문에 조선에서는 예부터 일반적으로 화장을 기피하는 풍습이지만 승려의 사체만 항상 화장을 하고 있다.

‖ 풍장 風葬; ふうそう

조선의 화전민火田民 사이에서만 행해지는 가장 원시적인 장례식 풍습이다. 산림을 태워 개척해서 경작할 때 비료를 사용하지 않고, 삼년이 지나 토지가 척박지면 다른 산림으로 이동해 다시 개척한다. 이들에게는 조상의 묘가 없

---

177) 고란초는 산지 벼랑이나 바위틈에서 자라는 식물. 고란사는 부소산 절벽에 고란초가 서식한 자리에 세워진 절이라고 해서 붙여진 이름.

다. 시체는 화장을 해서 뼈는 곱게 분쇄를 하고 바람이 잘 부는 높은 곳에서
날려 보낸다. 이것을 풍장風葬이라고 한다. 화장한다고 해도 간단하게 땅을
파서 장작을 겹쳐, 그 위에 거적으로 싼 시체를 눕히고 그 위에 다시 낙엽이
나 나무를 덮어서 불을 붙이는 것뿐이다. 그날 밤은 술과 안주로 마음을 달
랜다. 풍장이 끝난 후에도 동일하게 술과 안주를 준비해서 죽은 사람의 명복
을 빈다. 이와 같이 날려버린 뼛가루는 화전火田의 비료가 되기 때문에 농작
물 수확이 잘 된다거나 죽은 사람의 보살핌으로 농작물이 풍요롭게 익을 것
이라고 화전민들은 믿고 있다.

헤(へ)

‖ 평양 平壤; へいじょう

평안남도청의 소재지. 조선 최고最古의 도시이다. 단군강하檀君降下의 전설과
경치가 수려한 곳으로 유명하다.

- 대동문大同門 : 옛 성城의 동문東門으로 내동강 변에 서 있는 심층 누문樓門이다.
- 연광정練光亭 : 임진왜란 때 고니시 유키나가小西行長와 명나라 장수가 강화체결講
  和締結한 곳이다. 대동강 덕암德巖에 있다.
- 대동강大同江 : 조선 6대강의 하나이다.
- 모란대牡丹臺[178] : 모란봉牡丹峰에 있으며, 청일전쟁 때 격전의 흔적이 있다.
- 을밀대乙密臺 : 임진왜란 때 상대 군이 이 요새지에서 고니시 유키나가를 진압
  했고, 청일전쟁 때에는 청나라 장수 마옥곤馬玉昆[179]이 원산元山과 삭령朔寧에서
  파견 된 일본군 부대를 괴롭혔던 곳이다. 사허정四虛亭이라는 지금으로부터 육백
  년 전의 건물 기둥에는 탄환의 흔적이 수군데 있어 그 당시의 처참함을 느낄 수
  있다.
- 부벽루浮碧樓 : 뛰어난 고건축古建築으로 운치가 있다. 근처에는 오마키(お牧) 찻
  집[180]이 있다.

---

178) 원문에는 '壯丹臺'로 표기되어 있는데 '牡丹臺'의 오식으로 추정.
179) 마옥곤(馬玉昆, 미상~1908년). 청일전쟁에 참가한 청나라 무관.
180) 오마키 찻집(お牧の茶屋)은 일제 강점기 평안남도에 있던 음식점. 여주인 이름인
  '오마키'에서 유래했으며 문학가들이 애용함.

- 기자릉箕子陵 : p.180, [기자 箕子; きし] 항 참조. 기자사당箕子祠이다. 기자정箕子井 터가 남아 있다.
- 현무문玄武門 : 모란봉과 을밀봉 사이의 움푹 들어간 곳(鞍部)에 있는 궁륭穹窿 모 양[181]의 작은 문이다.
- 선교리船橋里 : 청일전쟁 때 일본군이 만주 전에서 승전한 장소로 기념비가 있다.
- 승명사永明寺 : 모란대 아래에 있는 천오백 년 이상 된 고찰古刹이다.

‖ 벽제관 碧蹄館; へきていかん

임진왜란 때 고바야카와 다카카게小早川隆景,[182] 다치바나 무네시게立花宗 茂[183]가 명나라 군을 크게 이긴 옛 전쟁터로 유명하다.

호(ほ)

‖ 방립 方笠; ほうりゅう

부모가 죽은 후 삼 년 동안 상喪을 치르고 다른 사람과의 만남을 피하며 집 에 있을 때는 상복을 입고 밖에서는 죄인이라고 스스로를 칭한다. 하늘의 해 를 가리기위해서 큰 갓을 쓰는 것이다. 이를 방립이라고 한다.

‖ 봉수대 烽火臺; ボンフワテー

조선의 봉수 제도는 신라 시대의 당법唐法이 그 효시로 추정된다. 조선 시대 에는 약 육백 수십 곳에 설치되어 있었다. 낮에는 연기를, 밤에는 불을 지펴 서 순차경보順次警報를 왕도王都 경성에 집중시켰다.

‖ 품석 品石; ほんせき

궁궐의 정전 앞뜰에 동서양반이 정렬하는 순서를 정하기 위해 세워 놓은 석 표石標를 품석品石이라고 한다. 석표에는 정일품正一品에서 종구품從九品까지 각 관원官員의 직품職品이 새겨져 있다. 동반東班은 문관이 서반西班은 무관이

---

181) 활등이나 반달처럼 굽은 모양.
182) 고바야카와 다카카게(小早川隆景, 1533~1597년). 임진왜란 때 침입한 일본 무장.
183) 다치바나 무나시게(立花宗茂, 1569~1642년). 도요토미 히데요시(豊臣秀吉)가 신임 했던 무장.

서열한다. 경복궁 근정전과 덕수궁 중화전에 옛날 모습 그대로 품석이 있다.

‖ 포플러 ポプラ

사시나무. 원명은 아메리카포플러(アメリカヤマナラシ), 혹은 일본에서는 예부터 부채 통을 만들었기 때문에 하코야나기箱楊[184]라는 이름이 있다. 가로수로 넓게 이용하고 있다. 높이는 약 두 길이나 되는 것도 있다. 길가, 들판, 마을, 절 등 곳곳에 심어져 있다. 여름에는 녹색 잎이 바람에 나부끼는 모습이 선명하게 보이고 겨울에는 낙엽이 떨어져서 나무가 빗자루처럼 되어 그 사이에 까치집이 드러난다. 조선 특유의 풍경이다.

‖ 방침 方枕; ほうちん

팔꿈치를 괴는 네모난 베개이다. 무명과 비단 혹은 꽃돗자리로 만든 한 자네 치 내외의 것으로 중앙에 꽃과 새, 쌍희자雙喜字 등을 수 놓고 테두리에는 자수를 놓는다. 직사각형의 것을 장침長枕이라고 한다.

‖ 범어사 梵魚寺; ぼんぎょじ

동래온천을 지나 북쪽 약 이 리, 금정산金井山에 있다. 신라의 명승인 원효대사元曉祖師의 창건으로 조선 3대 사찰의 하나이다. 임진왜란 때 불 탄 것을 재건 한 것이다. 전설에 의하면, 산 중에 금색의 우물이 있어 그 안에 범천梵天에서 내려온 신령스러운 물고기靈魚가 놀고 있었는데, 그 위를 오색의 구름이 덮고 있어서 금정산범어사金井山梵魚寺라고 한다.

‖ 버선 襪; ボソン

조선의 남녀노소를 불문하고 사계절 동안 신는 것이다. 발모양으로 재봉한 면과 견에 솜으로 된 심을 넣어서 발끝을 가는 곡선 형태로 모양을 잡은 것으로, 발목에서부터 두세 치까지 덮는다.

‖ 묘적 墓賊; ぼぞく

조선에서는 몰래 남의 묘지를 파헤치고 그 속의 물건을 훔쳐가는 경우가 많다. 게다가 부자인 시체를 파내어 돌려주는 대신에 금품을 요구하는 간악무

---

184) ‘하코’는 상자를, ‘야나기’는 사시나무를 의미.

도하고 야만적인 행위를 하는 도적이 자주 출몰한다. 이들을 묘적墓賊 혹은 묘구도적墓丘盜賊이라고 한다.

마(ま)

‖ 막걸리 マッカリ

탁주를 말하며, 일반적으로 하층사회에서의 수요가 많다.

‖ 솔잎팔이 松葉賣; まつばうり

초겨울부터 솔잎팔이가 성행한다. 온돌의 연료로 공급된다. 강물을 타고 내려오는 솔잎을 실은 배, 시장에 줄서있는 솔잎을 실은 말, 주택 근처에 산처럼 쌓아놓은 솔잎들은 조선 특유의 점경이다.

‖ 송충이 松蚄蜇; まつぜんし

최근 송충이가 많이 나와서 여름철 소나무의 성장을 방해하고 산 전체의 소나무를 시들어 죽게 하는 경우가 있다. 식용으로 송충이 채취를 권장하는 것도 이러한 해를 막기 위한 방법이다.

‖ 무덤 饅頭墓; まんじゅうはか

조선에서는 묘지 선정이 상당히 까다롭다. 그렇기 때문에 묘지 선정을 지관地官이 풍수지리설에 따라 결정한다.

묘지의 위치가 나쁘면 자손이 절멸絶滅한다든지 좋으면 부귀영화 할 수 있다든지 그 지세와 방향 등의 설은 상당히 복잡해서 부모가 죽으면 제일 먼저 생기는 것은 묘지에 관한 문제이다. 부자들은 수 년 전부터 묘지를 봐 두고, 귀족 들은 사오십 리 떨어진 곳에 묻는 경우도 적지 않다. 실로 조선인은 장례와 묘지를 위해 재산을 소비하고 있다.

묘의 형태는 소위 토만두土饅頭이다. 그 앞에는 혼유석魂遊石이라는 이름의 평평한 돌을 놓는다. 제사 때는 이 돌 위에 제물을 놓고 묘 옆에 석비石碑를 세워놓는 것이 일반적이다. 지위가 높은 사람의 묘지에는 석벽도 있고 귀부龜趺라고 하는 거북 모양의 석조石彫 위에 비碑를 세운다. 옛날 2품品 이상인 사람에게 행해졌다.

미(み)

‖ 물 긷기 水汲; みずくみ

현재 도시 이외의 곳에서는 우물이나 강물의 물을 마시고 생활하기 때문에 부인 혹은 여자아이, 노비, 하인 등 대체적으로 때를 같이해서 물을 길러 가는 것이다. 부인은 머리 위에 항아리를 이고 어린아이를 업고 소녀는 아름답게 차려 입는 등 꽤 북적이는 광경이다. 청년과 소녀들에게는 맞선의 기회이기도 하다. 줄지어가는 흰 옷의 물 긷는 모습도 우물 옆에 나열 해 놓은 여러 개의 항아리도 시와 그림의 제재가 된다.

‖ 물장수 水擔軍; みずチゲクン

임금을 받고 우물물이나 강물물을 배급하는 지게꾼이다. 지게 위에 대나무를 얹고 대나무 양쪽 끝에 물이 든 통 혹은 석유통을 매단다. 이른 아침 물장수 지게의 삐걱거리는 소리, 이 또한 조선 정서情緒의 하나이다.

무(む)

‖ 물여보 ムリヨボ

물을 운반하는 조선인을 말한다. p.217, [물장수 水擔軍; みずチゲクン] 항 참조.

‖ 무당 ムーダン

무당은 중국에서부터 전해진 무격술巫覡術로 만물의 신을 신으로 모시고 기도하며 점을 보고 음악을 연주하며 춤을 춘다. 이에 대한 사례금으로 생계를 유지한다.

무당이란 무격의 거주지 혹은 기도소라고 해석하는 것이 타당하지만 현재는 무격의 통칭이 되었다. 예부터 박수무당은 별로 성행하지 못했지만, 무녀巫女는 한 때 궁중으로 출입해서 세력을 펼치고 국가의 명을 좌지우지 하는 권력자처럼 여겨지기도 했다. 그러나 지금은 미신으로 여겨 경시되고 있다.

‖ **면장 面長; めんちょう**

일본의 촌村에 해당되는 면面을 통합하는 면을 대표하는 사람이다. 면장은 읍장邑長처럼 관청 사무를 보는 한편 공공단체 사무도 취급한다.

‖ **면사무소 面事務所; めんじむしょ**

면의 사무를 보는 곳이다.

‖ **명태 明太魚; めんたいぎょ**

북조선에 대량으로 산출産出되고 조선인의 중요한 부식물副食物이다. 건명태를 지게에 짊어지고 깊은 산골짜기에도 팔러 다닌다. 노점상에도 반드시 진열되어 있다. 명태와 고춧가루는 조선인에게 주요한 식품이다.

‖ **명륜당 明倫堂; めいりんどう**

조선에서 유학儒學이 성행하기 시작한 것은 고려 말이며 조선시대에는 불교를 배척하고 유학을 국교國教로 했다. 이에 따라 태조 때에는 수도인 한양漢陽, 지금의 경성京城에 대학大學을 설립해서 성균관成均館이라 명명하고 공자孔子를 모시는 곳을 문묘文廟로, 강학講學하는 곳을 명륜당明倫堂이라고 일컬어 많은 유생儒生을 양성하였다. 또한 문묘는 결코 문묘뿐만이 아니라 각 도道의 중요지역에도 있었다. 따라서 그 지방의 유생이 모여서 강학하는 곳을 대부분 명륜당이라고 칭하고 있다. 그러나 지금은 모두 황폐해져서 잡초가 무성한 곳이 많다.

‖ **목욕 沐浴; もくよく**

삼복三伏인 기간이 되면 여자는 여자끼리 남자는 남자끼리 근처의 강이나 계곡에서 많은 사람이 함께 목욕을 한다. 어둑어둑한 밤에는 목욕 소리만 들리고 낮에는 나무그늘에 모여서 목욕한다. 모두 조선의 아름다운 풍경이다.

‖ 상장 喪杖; もつえ

장례 때 상주가 지니고 있는 지팡이로 부친의 장례에는 푸른 대나무, 모친의 장례에는 오동나무 지팡이를 짚는다.

‖ 상갓 喪笠; もがさ

조선인은 윗사람이 죽으면 삼 년 동안 하늘에 절하지 않는다든지, 해를 보지 않고 외출 할 때에는 챙이 큰 갓을 쓴다.

‖ 상복 喪服; もふく

천은 흰색 처리를 하지 않은 마麻이며 팔이 긴 옷이다. 거친 끈을 허리에 메는 허리띠가 있다.

‖ 목포강문 木浦糠蚊; もつぽぬかが

각다귀(カリタゴ)라고 한다. 전라남도 목포 부근 특유의 곤충으로 왕년의 미히라三原박사가 구리코에데스미하라(クリコエデスミハラ)[185]의 학명學名으로 독일 학회에 보고되면서 세계적으로 인정되어 일본말로 목포강문(もつぽぬかが)이라고 불리게 되었다.

야(や)

‖ 양반 兩班; ヤンバン

조선시대 묘의廟議에 참석하는 궐내의 좌우에 줄 서 있는 관인官人. 정1품에서부터 종9품까지 문반(학반鶴班)과 무반(호반虎班)의 일족一族, 혹은 예전에 그 관직에 임했던 일족의 총칭이다. 오늘날에는 부유계급을 일반적으로 양반이라고 일컫는다.

‖ 야광귀 夜光鬼; ヤクワウキ

정월 밤에 인가를 돌아다니면서 어린아이의 신발을 찾아서 가장 발에 맞는 것을 신어 도망친다. 불행하게도 빼앗긴 신발의 주인인 어린아이는 그 해 내내 불운하다고 해서 매우 무서워했다. 그렇기 때문에 어린아이의 신발에 체

---

185) 학명은 '木浦ヌカガCulicoidesu miharai, Kinoshita'.

를 덮어서 벽에 걸어 둔다. 이는 혹시라도 야광귀가 오더라도 신발을 빼앗는 일은 까먹고 체의 구멍을 세다가 잘못 세고 또 세고 해서 새벽닭이 우는 소리에 놀라 도망치게 하기 위함이다. 이 야광이 어떤 도깨비인지 명확하지는 않지만, 약왕藥王[186])이 와전된 것으로 추측된다. 그 형상 참으로 추한 괴물이고 한 눈으로 봐도 어린아이가 두려워할 만한 얼굴이다.

‖ 약방 藥房; やくぼう

조선 태조 때 설치된 궁정의 의약醫藥을 맡았던 관아官衙 명칭으로 1895년에 전의사典醫司로 개칭되었다.

약방이라는 이름은 관기官妓출신인 기생을 가리키는 명칭으로 사용된 적도 있었다. 표면적으로는 의약을 다룬다는 명분하에 채용되었기 때문이다. 지금은 약국이 약방의 간판을 내걸고 있다.

‖ 호드기 柳笙; やなぎしょう

유생(リュソン). 버드나무로 된 피리를 말한다. 포플러로도 피리를 만든다. 봄이 되면 들려오는 아이들의 피리소리가 서글프다.

‖ 약수 藥水; ヤクス

약물(ヤクムル). 바위동굴이나 바위웅덩이 혹은 땅 속에서 솟아나는 광천鑛泉으로, 예부터 약효가 뛰어나다고 전해진다.

오래전부터 조선인은 약수의 효능을 신봉한다. 유명한 약수터가 있으면 그 부근에 음식점이 생기는데 그 곳에서 음식도 먹고 약수도 마시고 놀기 때문에 번화하다.

유(ゆ)

‖ 바위취 虎耳草; ゆきのした

음습한 땅을 좋아하고 산중계곡에 서식한다. 번식력이 매우 강하고, 포태산胞胎山과 관모산冠帽山에는 헤라유키노시타(篦雪の下)[187])가 있다. 지리산과 금강

---

186) 약왕보살, 25보살 중의 하나.

산과 낭림산狼林山에는 조선바위취朝鮮岩蕗[188]가 있다. 모두 진귀한 것으로 원예용으로도 사용된다.

요(よ)

‖ 욕불일 浴佛日; ヨクブルイル

음력 4월 8일이 석가탄생일이다. 길거리에서는 며칠 전부터 각종 등燈과 어린이 완구 등을 진열 판매하고 도시인이나 시골인 모두 이를 구경한다. 이날 부녀자들은 특히 잘 차려 입어서 함께 절에서 논다. 이를 팔일장八日粧이라고 한다.

‖ 여보 ヨボ

‘여보세요’라고 사람을 부를 때 쓰는 말이지만 조선인은 모든 사람에게 ‘여보 여보(ヨボヨボ)’라고 부른다. 이것을 듣는 일본인은 조선인을 가리키는 대명사처럼 여기게 되었다.

라(ら)

‖ 낙랑고분 樂浪古墳; らくろうこふん

모양은 대체적으로 사각형으로, 중국 주나라 때에 일반적으로 행해졌던 형식이다. 언덕 위에 구덩이를 파고 밑바닥에는 옥석玉石을 깔아 나열하며, 동서 양쪽 모서리에 토대土臺를 놓는다. 밤나무 각재角材로 마루를 만들고, 사방에도 밤나무를 포개어 벽을 만든다. 밤나무를 여러 개 걸쳐서 천장을 만든다. 안에는 나무덧널木槨[189] 혹은 벽돌덧널塼槨[190]이 설치되어 있다.

덧널무덤木槨墓은 수혈식竪穴式,[191] 벽돌덧널무덤塼槨墓은 횡혈식橫穴式[192]이

---

187) 바위취 종류, 미상.
188) 바위취 종류, 미상.
189) 나무로 만든 옛 무덤의 현실(玄室) 벽.
190) 벽돌로 쌓아 만든 옛 무덤의 현실(玄室) 벽.
191) 횡혈식에 대치되는 형태로 구덩이를 파서 만든 무덤 형식. 횡혈식보다 원시적임.

다. 이 들 고분 안에는 동기銅器, 도기陶器, 칠기漆器, 무구武具, 마구馬具, 그 외의 장식품에 이르기까지 귀중한 것이 풍부하게 부장副葬되어 있다.

‖ 나전 螺鈿; らでん

앵무조개鸚鵡貝, 청라青螺 등의 조개껍데기의 진주 빛이 나는 부분을 떼서 여러 종류의 모양으로 새겨서 칠기에 박아 넣어 장식한 것으로 함櫃, 장롱, 탁자, 벼루통, 식탁 등등 경상남도 통영에서 생산된 물품이 가장 우수하다.

‖ 라일락 ライラック

‘丁香花’라고 쓴다. 끝이 네 갈레로 갈라지고 깔때기모양의 작은 꽃이 뭉쳐서 봄에 핀다. 꽃의 모양은 새 다리鳥脚모양과 비슷하고 향을 낸다고 해서 조각록향목鳥脚鹿香木이라는 이름이 있다. 흰색, 자주색, 그 외에도 종류가 상당히 많다. 리라(リラ)라고도 한다.

‖ 낙동강 洛東江; らくとうこう

남조선에서 가장 큰 강으로 결빙기 전에는 기러기와 오리가 모여 있다.

리(リ)

‖ 이동 里洞

리里나 동洞은 부府, 읍邑, 면面의 관할 하에 있는 말단 구역으로, 예전에는 방坊 혹은 곡曲이라고 한 적도 있었다. 일본의 부락部落과 동일한 것이다.

‖ 유목 流木; りゅうぼく

홍수로 인해 압록강 상류에서부터 흘러내려 와 강 입구에서 파도와 함께 표류하는 원목을 유목流木 혹은 표류목漂流木이라고 한다. 유목으로 인한 사고가 많은 시기는 매년 칠팔 월 경이다.
강가에 쇠로 묶어 놓은 뗏목이 끊어져서 탁류에 떠내려가기도 한다. 그래서 원목의 소유자를 구별하기 위해 극인極印193)을 찍는다.

---

192) 무덤방을 드나들 수 있도록 무덤 한쪽 측면을 개방한 무덤 형식.
193) 에도시대(江戸時代)에 금은화 따위의 품질 보장으로 찍은 도장.

‖ 조선자기 李朝燒; りちょうやき

조선시대 경기도 부근 가마터에서 제작된 도자기로 고려자기와는 다른 계통으로 발전한 공예품이다.

조선 백자, 미시마三島,194) 가타데堅手195) 등 일종의 독특한 풍미가 있어 세계적으로 자랑할 만한 미술품이다.

레(れ)

‖ 개나리 連翹; れんぎょう

조선에서 봄에 피는 노란 색의 아름다운 꽃이다. 결빙기가 긴 조선에서 가장 먼저 피는 개나리는 사람들로 하여금 봄을 기다리게 하는 영춘화迎春花이다.

‖ 냉면 冷麵; れいめん

일본의 소바蕎麥와 비슷하며, 차갑게 한 국수를 놋그릇이나 자기그릇에 담아서 소고기, 돼지고기, 닭고기, 김치를 넣고 조미료로 고춧가루, 파, 마늘, 깨, 채 썬 배를 섞어 넣어, 마지막으로 육수를 붓고 초장을 가감해서 먹는다. 평양냉면은 명물이다.

로(ろ)

‖ 노점상인 路傍商人; ろぼうしょうにん

조선에서는 장날에 열리는 시장도 노점이지만 평상시에도 길가에서 잡다한 것을 팔고 있다.

---

194) 고려자기의 일종으로 조선초기(15~16세기) 경상남도에서 제작. '三島'라는 이름은 문양이 일본 신사인 미시마타이샤(三嶋大社)에서 발간된 미시마달력(三嶋曆) 글자와 유사해서 붙여진 이름.

195) 소재나 촉감이 견고해 보여서 붙여진 이름. 조선 초기 경상남도 김해요에서 제작된 것으로 추측.

‖ 당나귀 驢馬; ろば

원종原種은 중앙아시아이다. 조선의 시골을 가면 당나귀를 끄는 나그네가 많다. 포유류 중 유제류有蹄類이며 체구는 말과 비슷해서 작고 귀는 토끼를 닮아 길다. 성질은 온순하고 짐의 무게를 잘 견딘다.

와(わ)

‖ 왜놈 ワイノム

‘왜노倭奴’라고 쓴다. 야만인이라는 의미로 조선말을 모르는 일본인에게 왜놈이라고 무심코 부르는 경우가 많다. 일본인에 대한 욕이기도 하다.

‖ 왜관 倭館; わかん

왜관은 일본인 통상通商 장소로서 지금의 부산에 설치된 관사이다.

‖ 왜성대 倭城臺; わじょうだい

경성 남산의 일부로 원래는 조선총독부朝鮮統督府가 있었던 자리이다. 이 일대는 관사官舍마을이다.

‖ 초가지붕 藁屋根; わらやね

폭정으로 생활이 힘들었던 조선인의 집은 대부분 초가지붕이다. 지붕 위는 바가지를 매달거나 고추를 햇볕에 말리는 장소로 이용했다. 일 년에 한 번은 볏짚으로 지붕을 잇는다. 이 시기가 지났는데도 지붕이 새 것이 아닌 집은 그만큼 빈곤하다는 의미이다. 초가지붕이 연속되어 있는 모습은 버섯이 줄지어 난 것 같아서 조선 특유의 풍경을 엿 볼 수 있다.

『조선풍토가집』 잡감雜感

・ 하야시 마사노스케林政之助 ・

『조선풍토가집』 잡감雜感

　우리들이 오래전부터 대망해 왔던『조선풍토가집朝鮮風土歌集』196)
이 성장盛裝을 해서 드디어 나왔다.

　편자인 이치야마市山 선생님께서 수많은 서적 속에 묻혀서, 5년
간의 긴 세월을 정선精選하고 또 정선을 거듭해서 발표하신 이 가
집, 수록된 풍토가風土歌가 메이지明治, 다이쇼大正, 쇼와昭和의 3대를
아우르는 칠천 여 수, 가인歌人은 대략 팔백 명, 이것만으로도 이
가집이 얼마나 호화롭고 방대한지 짐작 할 수가 있다.

　책머리는 조선과 인연이 깊은 일본 초서197)의 대가인 오노에 사
이슈尾上柴舟 박사의 명필, 제본은 역시 조선과 연고가 있는 아사카
와 노리타카淺川伯敎 씨의 조선 컬러 풍부한 고풍스러운 것, 서문은
『고코로노 하나心の花』198)의 가와다 준川田順 씨, 『창작創作』199)의
와카야마 기시코若山喜志子 여사, 그리고 우리의 호소이細井 선생님

---

196) 1935년에 이치야마 모리오가 간행한 창립기념 출판물.
197) 만요가나(萬葉假名)를 초서체로 쓴 것.
198) 1893년에 창간된 단카 잡지 이름.
199) 1910년에 창간된 단카 잡지 이름.

세 분이 각각 명문名文을 써 주셨다.

이 가집은 종류별로는 풍토風土편, 식물植物편, 동물動物편, 각도별各道別편, 잡雜편의 다섯 편으로 분류되어 그 목차만으로도 수십 페이지를 할애하고 있어 정성을 다해 친절한 편집을 했음을 짐작할 수 있다.

이 가집에 수록된 노래는 모두 조선의 노래이다. 이 한 권의 가집을 읽어 내려가다 보면 나의 눈과 마음으로 아직 보지 못한 낯선 고장인 조선의 풍물이, 식물이, 동물이, 그리고 신기한 조선의 풍속, 생활이 파노라마처럼 떠오르는 것 같다.

또한 이 가집의 부록으로 쓰인 「조선지방색어해주朝鮮地方色語解註」는 이 가집을 감상하는 데 있어서, 또한 조선연구가에게 있어서 실로 고마운 문헌이다.

알기 쉽고 재미있게 그리고 극명하게 조선의 기습奇習, 풍속, 풍물, 행사 등을 해석하고 있어 읽는 사람으로 하여금 자연스레 즐거움을 준다.

이제 나는 이 한 권의 가집을 다 읽고 나서 칠천 여 수를 정선精選한 풍토 단카 중 나의 가슴 속에 가장 인상을 준 몇 가지 노래를 옮기는 것으로 졸문拙文의 펜을 놓고자 한다.

크고 위대한 산에서 산으로 불어 건너는 바람이 일으키는 산울림 소리에는.
大いなる山より山へ吹き渡る風がたてたる山の鳴りには (道久 良)

해가 질 무렵 산기슭의 부락에 가을이 되어 시골마을을 도는
연극 구경이 왔네.

くれ近き山すその部落秋となりて田舍廻りの芝居來にけり (同)

가을이 깊은 산그늘의 부락은 한적하구나 젊은 여인이 홀로
채소를 씻고 있네.

秋深き山かげ部落閑かなりをみながひとり野菜洗へる (同)

온돌방에서 졸면서 있노라니 눈이 온다며 눈을 뒤집어쓰고 아
이들 돌아온다.

溫突に寢ぼけて居れば雪ふると雪をかづきて子らは歸れり (市山 盛雄)

큰 솥 안에서 삶아지고 있다가 두둥실하고 떠오른 소머리 하
나가 헤엄친다.

大釜の中に煮られてぽつかりと牛の頭がひとつおよげり (貝谷 源三)

바람 차가운 밤의 주막에 사람 북적거리고 겉에 보이게 소의
내장들을 매달아.

風さむき酒店の宵は人こめりあらはに吊す牛の胃腹を (大內 規夫)

사온일 낮은 따뜻하구나 집에 돼지 목 놓아 우는 소리 들으며
정신이 팔려 있네.

四溫日の畫あたたかし家豚ののんどならすをききほうけをり (君島 夜詩)

농촌마을이 피폐해지는 것이 걱정되는 추석 밑으로 쌀 도둑이 또다시 끌려온다.

農村の疲弊を思ふ盆前に米泥棒のまたひかれくる (窪田わたる)

새끼돼지들 이윽고 나왔구나 해가 질 무렵 조선아이가 부는 나무껍질의 피리.

豚の子らやがて出て來ぬ夕ぐれを鮮童が吹く木の皮の笛 (石井 龍史)

항아리 있는 마당의 풍경에는 밝고 투명한 정 씨 여인의 소리 들리는 아침이네.

甕のある庭の風景にあかるく澄みて鄭女の聲ただよふ朝なり (甲藤 四郎)

보리를 씻는 계집애 허리 숙인 탁한 강물에 잔물고기 다가와 배를 드러내누나.

麥とぐとキチベがかがむにごり川小魚よりきて腹かへすなり (市山 盛雄)

꾸룩꾸루룩 우는 것은 연못의 저녁 개구리 기생들도 부르니 쓸쓸한 가요곡들.

ほろほろと鳴くは池水の夕蛙妓生もうたへばさびしき歌謠 (川田 順)

누군가에게 받은 일 원 지폐를 볼에 붙이고 이마에 붙이고서 무녀가 춤을 춘다.

貰ひたる一圓札は頰に貼り額に貼りて巫女のをどるも (市山 盛雄)

아침에 물을 길어 머리에 이고 돌아서가는 이 나라 여인의 모습이 쓸쓸하네.

　朝水を汲みてあたまにのせかへるこの國女の姿さびしき (細井 魚袋)

　동이 틀 무렵 안개가 자욱한데 사람이 한 명 계곡을 내려가서 움직이는 조용함.

　あけ近き霧のふかさにひとひとり谷に下りて動くしづけさ (同)

　이 마을 거리 엿장수 소리 높여 돌아다니네 고요하고 맑은 공기에 가위 울리며.

　この街に飴屋ふれきてしんかんと晴れし空氣に鋏を鳴らす (大內 規夫)

　이 집에도 약 저 집에도 약이라 전부 약들뿐 약 투성이 안에서 아이가 놀고 있네.

　どの家もどの家もみな藥ばかり藥の中に兒があそびゐる (細井 魚袋)

　봄날이 이제 가깝구나 여겨진 하늘 분위기 쑥쑥 자라나면서 포플러 경쟁한다.

　春すでに近しとおもふ空のいろすくすくとしてポプラきほへる (寺田 光春)

　어둑한 밤에 떠 있는 어렴풋한 아카시아의 하이얀 꽃들에서 바람이 이는구나.

　宵闇に浮きてほのけきアカシヤのしろき花より風たちにけり (同)

바람 있지만 하늘은 뜨겁구나 살랑살랑 개암나무 잎들이 머리 위에 흔들려.

風あれど空こそ熱しさやさやと榛の葉ゆるる頭の上に (細井 魚袋)

비가 그치고 하늘빛은 차갑다 내가 탈 기차 세게 일으킨 바람 흔들리는 수수들.

雨あがる空のいろさむしわが汽車のあふりの風になびく高粱 (島木 赤彦)

여행살이의 사뭇 무상함이여 눈에 보이는 바가지도 언젠가 시들어 가겠구나.

旅住みのものの哀れよ目につきてパカチもいつかうら枯れにけり (大內 規夫)

창가 앞쪽의 어린 벚나무 가지 휘게 만들며 까치는 두 마리가 머물러 있을지도.

窓さきの若木櫻をかきたわめ鵲は二羽とまりたるかも (若山 牧水)

비가 개이고 아침의 졸참나무 소나무 들판 까치가 우는 소리 숲에 울려 퍼진다.

雨はれて朝の楢原小松原かささぎの鳴く聲とほるなり (中島 哀浪)

아카시아의 어린잎이 아직은 무성하지가 않고 까치 둥지에 해 저무는 쓸쓸함.

あかしあの若葉のしげり淺くして鵲の巢に日あかる寂しさ (植松 壽樹)

새끼까치의 미숙한 걸음걸이 저녁 산속에 풀들과 뒤섞여서 마치 뱀밥같구나.

鵲の子の歩みをさなき夕山の草生にまじり土筆ほけたり (高橋 珠江)

썰물의 갯벌 찰랑찰랑한 파도 멀리 있으니 까치들이 느긋이 춤추며 노니누나.

潮干潟ささらぐ波の遠ければ鵲おほらかにまひ遊ぶなり (若山 牧水)

백제의 평야 파란 논 멀리 있는 휘파람새가 하얗네 보노라니 거닐고 있었구나.

百濟野の青田の遠にゐる鶯の白きを見れば歩みゐにけり (中島 哀浪)

아주 새파란 하늘의 저 끝에는 무리진 새들 마치 불어 날린듯 산산이 흩어진다.

まさをなる空のはてに群鳥ふきとばされてちらばりにけり (市山 盛雄)

산골짜기의 봄은 아직 이른데 늪 작은 밭에 우는 개구리 소리 박자가 맞지 않아.

山峽の春まだあさき澤小田に鳴ける蛙のこゑととのはず (細井 魚袋)

미나리 밭의 물 위에 떠 있는 어린개구리 우는 소리도 쓸쓸히 서로 모여서 운다.

芹小田の水にうかべる蛙子はなきのさみしくあひよりてなく (小泉 苳三)

소시장에 모여 있는 사람들 뭐라는 건지 소리 높여 떠들고 저
물어 가는 하늘.

牛市に群がる人ら何やらん罵りさわぐうすづく遠ぞら (富田 砕花)

사이토가 바다로 나간다며 배에서 보니 바다에 달 뜬 모습 마
치 괴물같구나.

齋藤海をいづると船ゆみてをれば海月浮遊するまもののごとく (市山 盛
雄)

성문 비추는 등불은 은은하고 가을 되어서 쉽게 떨어진 낙엽
울어대는 가로수길.

城門にともる灯淡し秋づきてちりやすき葉の鳴れる並木路 (大內 規夫)

여기에 발췌한 몇몇 노래에는 각각 조선이 지니는 지방색이 뚜
렷하게 표출되고 있다. 조선의 모습이 역동적으로 표현되고 있다.
호소이 선생님이 서문에서

"전략— 여기에는 조선 풍토 안의 진지한 인간의 생활이 내포
되어 있다. 타산적이지 않은 혼魂이 깃들어 있어 하나하나에 거
짓이 없는 향토와 인간에 관한 표현이 있다. 조선의 자연에 녹아
있는 한 사람 한 사람의 호흡을 들을 수가 있다. 그리고 영겁永劫
으로 이어지는 조선의 생명을 전하고 있다.
『조선풍토가집』이 귀중한 이유가 여기에 있는 것이다."

라고 마무리 짓고 있다.

지금 옮겨 적은 몇 수의 노래는 호소이 선생님이 의미하는 바를 선명하게 보여주고 있다.

어쨌든 이 『조선풍토가집』이야말로 모든 조선 가단의 금자탑이며 조선의 전모全貌라고 해도 과언이 아닐 것이다.

그리고 조선에서 태어나서 조선에서 성장해 온 우리 『진인』의 창간 12주년 기념사업으로서 참으로 뜻 깊은 출판이라고 생각한다.

진인사의 사람은 말할 필요도 없고 조선 가단의 사람들 그리고 모든 가단의 사람들도 꼭 한 번은 감상할만한 가집인 것이다.

마지막으로 조선 가단이 앞으로 더욱 발전할 것을 바라며 조선 가단의 은인인 이치야마 선생님에게 경의를 표하는 바이다.

— 『眞人』 第十三卷第四號, 眞人社, 1935.4.

조선의 노래

조선의 노래

예전에 내가 『조선의 노래』를 서술한 지 벌써 십 년의 세월이 지났지만, 그 후의 조선의 노래는 작품을 통해서는 거의 발전하지 못했다는 실망스러운 결과였다. 겨우 일본에서의 여행자 및 조선 재주 중인 사람의 가집歌集에 조선 고유의 이름을 지닌 것이 있지만 그 내용에 있어서는 작품을 일관해서 조선의 맛이 표현되지 않은 것이 의외로 많다.

나는 여행자의 노래는 그저 여행자의 노래로 간주할 뿐이고 그 것에 대해 문제 삼을 필요가 없다고 생각하지만, 조선에 살면서 조선을 제이第二의 고향으로 하는 사람, 혹은 제이의 고향으로 해야 하는 사람들의 작품에는 조금 더 조선의 색채가 묻어나야 하는 것이 마땅하다고 생각한다. 그것은 여행자의 눈에 비춰진 색채가 아니라 조선을 마음의 고향으로 하는 작자의 마음에서 뿜어져 나오는 노래를 통해 조선의 모습을 음미하지 않으면 안 된다.

경우에 따라서는 십 년 간 조선에 살았다는 사실은 존경할만한 일이지만, 조선의 노래를 키워나갈 경우라면 그것만으로는 아무것도 아니다. 이 경우에는 그 사람의 마음자세가 무엇보다도 중요한 문제가 된다. 관리들 대부분은 퇴직을 하면 정해진 것처럼 도쿄로 돌아간다. 어느 대학 교수는 여름방학이나 겨울방학이 되면 바로 도쿄로 돌아가서 마치 조선 같은 것은 잊어버리고자 하는 듯하다. 이런 사람들에게 어떻게 진정한 조선의 통치나 진정한 조선의 교육을 할 수 있는 것인가 항상 생각하게 된다. 그러나 이런 예는 아직 양호한 편이다. 이런 사람들과 조선의 노래에 대한 이야기를 하는 것은 돼지를 향해서 보리의 비료에 대한 이야기를 하는 정도의 효과도 없을 것이다.

조선의 노래를 키워나감에 있어서 우리들이 원하는 사람은 조선을 사랑하는 사람, 조선 땅에 뼈를 묻을 결심으로 조선과 더불어 살아가고자 하는 사람들이다.

그렇다면 조선의 노래란 어떠한 것인가? 조선에 스스로의 뼈를 묻을 각오만 있다면 그 사람이 작품을 잘 짓고 못 짓고의 문제를 넘어서, 어딘가에 그 사람을 통해서 반드시 조선의 맛이 표출될 것이라 생각한다. 또한 반드시 표출되어야 한다고 생각한다. 이와 같은 것을 나는 '조선의 노래'라고 부르고 싶다. 극히 모호한 이야기가 되어버렸지만 이해 못할 것도 없을 것이다. 이것을 더 보충해서 말하자면, 결과적으로 조선을 배경으로 생활하는 사람들의 조선을 향한 사랑의 마음에서부터 탄생한 작품으로, 작자의 생활(가장 넓은 의미)을 통해서 조선의 향기가 나는 작품이라고 할 수 있을 것이다. 사랑한다는 것은 칭찬하는 것만을 의미하는 것이 아니다. 있는 그대로 올바르게 조선을 바라본다는 것은 진정으로 조선을 사랑하지 않은 자는 할 수 없는 일이다. 본다는 것은 눈으로 보는 것뿐만이 아니라 마음으로 느끼는 일이다. 마음으로 느낀다는 것은 자신을 통해서 조선의 올바른 모습에 접하는 것이다. 이 같은 사람은 조선에 뼈를 묻을 각오가 되어 있고, 그 사람의 모든 생활이 그 위에 구축이 되다시피 했을 때 비로소 싹트는 것이라고 여긴다. 내가 말하는 조선의 노래는 이와 같은 사랑에서 탄생하지 않으면 안 된다. 나는 이런 식으로 조선과 함께 호흡을 할 것을 조선에 재주 중인 사람들에게 부탁하고 싶다. 이와 같은 생활 방식이야말로 조선으로 돈벌이 왔다는 생각을 버리고 조선에 와 있는 우리들이 살아야 할 방법이라고 생각한다. 특히 '조선의 노래'라고 하면 특별한 것인 양 들리지만, 이런 방식으로 사는 사람들에게서 탄생한 작품은 자연스레 조선의 색채가 있는, 내가 말하는 '조선의 노래'가 된다고 생각한다. 내가 말하는 조선의 노래는 언어로 짓지만 언어만이 아닌 마음의 노래인 것이다.

언어에 관해 말하자면 우리들이 일상에서 사용하고 있는 언어를 자신의 것으로 만들고 실생활에서 그것을 살려서 사용할 수 있게 된다면 그것으로 충분하다고 생각한다. 그러나 이와 같은 시가詩歌의 경우에 자신의 언어를 살려서 사용하고자 한다면 여기서도 역시 그 언어를 사용하는 사람의 마음이 문제가 된다. 진정으로 각오만 되어 있다면 다소 불충분한 언어일지라도 작자의 마음은 어느 정도까지는 표현될 수가 있다고 생각한다. 만약 충분한 언어를 스스로의 작품에 요구하게 된다면 결과적으로 표현도 단 하나의 만족스러운 작품도 얻을 수 없게 된다. 우리들 작품은 자기 자신에게 있어서는 항상 불충분하지만 다른 쪽으로 생각하면 자기 자신만의 힘으로 노래하고 있다는 점에서 그 작품에 있어서는 절대적이기도 한 것이다.

조금 더 구체적으로 말하자면 자기 작품에서의 언어의 문제, 일반적인 말로 하자면(조금은 의미가 다르지만) 표현의 문제는 각각의 경우에 있어서 작자 외에는 어떠한 말도 할 수 없게 되지만, 그렇게 되면 오히려 오해를 야기하기 때문에 이 문제에 관해서도 조금 언급하고자 한다. 그러나 나의 의견으로서는 어느 정도 자신의 언어를 살려서 표현할 수 있는 사람은, 그 표현의 문제를 다른 사람에게 묻기보다는 자기 스스로 생각해야만 한다고 본다.

여기서 지극히 통속적인 표현의 문제로 나아가지만 아무리 단카가 마음을 노래하는 것이라고는 해도 그것이 언어에 의해서 표출되고 있는 이상, 작자가 표현하고자 하는 것을 올바르게 표현하기 위한 노력은 필수불가결한 것이다. 그러나 언어는 어떤 한 가지를 표현하고자 하는 바를 올바르게 표현하기 위한 것이지 언어에서 그 이상의 것을 요구하는 것은 잘못이다. 특히 조선의 노래를 짓는 데 있어서 우리들 일본의 언어는 항상 불완전한 것이라고 느낀다. 보통 일본인의 일상사를 노래할 때에도 항상 언어라고 하는 것은 만족스럽게 말로 표현할 수 없다는 불편함이 있다. 그것은 본래 조선에서 성장하지 않은 일본어를 가지고 조선의 노래를 지을 때 더

불완전하다고 일반적으로 생각할 수 있는 일이며, 특히 실제로 시도해 보고자 한 사람으로서는 통감하게 되는 일이다. 따라서 조선에서 실제로 노래를 짓는 사람 중에도 이와 같은 일을 의외로 느끼지 못하고 있는 것이 아닐까하는 것을 그의 작품을 통해서 종종 발견할 수 있다.

그들 노력의 결과인 작품들이 의외로 조선 풍미에서 멀어지고 있다는 것은 깊이 생각해 봐야할 일이라고 생각한다. 내가 생각하건대 시가의 길에 있어서 표현이라는 것은 불완전한 언어를 전제로 어떻게 하면 그런 불완전한 언어를 가지고 작자가 표현하고자 하는 것을 암시할 수 있는가라는 노력이라고 생각한다. 이 노력은 작자가 표현하고자 하는 것이 깊으면 깊을수록 점차 중시된다. 이처럼 생각해 보면 시가라는 것은 (특히 단카 형식일 경우에 있어서) 그 작품의 언어가 지니고 있는 암시의 깊이에 따라 작품의 가치가 정해질 것이다. 우리들이 조선의 노래를 읊을 때에도 언어는 한정된 일본어 이상으로는 표출될 수 없다. 단지 그 언어의 조합에 의한 암시를 가지고 조선의 향기를 내는 것에 불과하다.

나는 그림에 대해서는 거의 아는 바가 없지만 어느 화가(아리시마 이쿠마有島生馬200) 씨였던가)가 한 말 중에 '그림을 봤을 때 액자가 있다고 느껴지는 그림은 별 볼일 없는 그림이지만 액자 외에 무엇인가 있

---

200) 아리시마 이쿠마(有島生馬, 1882~1974년). 일본화가. 소설가 아리시마 다케오(有島武郎)의 동생. 시가 나오야(志賀直哉)와 소년시절부터 친구로 잡지 『시라카바(白樺)』 창간에 참가했음.

다고 느끼게 하는 그림은 좋은 그림이다'라는 말이 있었다. 확실히 그렇다고 생각한다. 단시형短詩形으로서 단카와 회화는, 전자는 한 번 읽어 내려가는 것으로 바로 그 전체의 맛을 음미할 수 있고, 후 자는 한 그림을 한 번에 보는 것으로 그 전체를 파악할 수 있다. 이 런 점에 있어서 상통하는 점이 있다고 생각한다. 우리는 앞서 언급 한 회화에 대한 말을 단카에서도 타산지석으로 삼아 생각해 볼 필 요가 있다.

단카에 있어서 언어가 지니는 암시는 그 언어의 음영陰影이라고 도 생각된다. 단카를 짓는 데 있어서 언어를 다듬는다는 것은 그 언어의 그늘을 살리기 위한 노력이여야만 한다. 내가 다른 사람의 작품을 보았을 때 조금 더 언어의 그늘이 있었으면 하는 것은 이런 의미로 말하는 것이다.

조선의 노래에서 조선의 풍미라고 하는 것도 역시 언어의 그늘 로서 그러한 풍미가 나오지 않으면 진정한 것이 아니라고 생각한 다. 우리들이 진심으로 조선을 사랑하고 조선에 뼈를 묻을 각오가 되어 있을 때 그 사람 작품의 언어에는 지니고 있는 의미 이상으로 조선의 풍미가 분명히 표출되리라 생각된다. 조선의 노래에 나는 그와 같은 것을 바라고 있다. 나도 그와 같은 노래를 짓고 싶다.

—『眞人』第十五卷第二號, 眞人社, 1937.2.

『진인眞人』의 조선 문학 조감 해설

엄인경·신정아

재조일본인 가인들에 의해 간행된 단카短歌 전문잡지 『진인』에서 조선의 노래, 문학, 문인, 문단, 향토성, 언어와 표현을 어떻게 인식하고 파악했는지 알기 위해 기획한 이 책에는 여러 형태의 글들이 수록되어 있다. 이하에서는 이 책에 수록된 시기 순서대로 글을 정리하여 내용의 이해도를 높여보고자 한다.

(1) 「제가들의 지방 가단歌壇에 대한 고찰」 1926년 1월

먼저 첫 번째인 「제가들의 지방 가단에 대한 고찰」은 '내지'의 유명 문인들에게 '지방 가단'이란 무엇이고 어떠해야 하는지를 묻고 그에 대한 답변을 게재한 것이다. 가단이란 단카의 문단을 말하는 것으로, 진인사는 창립 당시부터 한반도, 즉 조선의 단카 문단은 자신들이 대표한다는 확고한 인식을 가지고 있었다. 조선의 노래를 지도해 가기 위한 진인사의 세 가지 연구 기획 중 그 첫 번째

기획이라 할 수 있다. 세 기획이란 진인사 창립 4주년 신년기념으로 1926년 1월의 「제가들의 지방 가단에 대한 고찰」, 5주년 신년기념호로 1927년 1월의 「조선 민요의 연구朝鮮民謠の硏究」, 7주년 신년 기념호로 1929년 1월의 「조선의 자연朝鮮の自然」이 기획된 것을 의미하며1), 기획자는 '반도 가단의 개척자'로 일컬어진 이치야마 모리오市山盛雄였다. 진인사는 1920년대 중반 이후 이러한 특집호를 순차적으로 기획함으로써 조선의 고가요나 민요에 대한 관심을 높였으며 그 발단은 「제가들의 지방 가단에 대한 고찰」에서 시작되었다.

이 첫 번째 기획은 조선의 가단을 이끌 자신들의 책무를 분명히 하기 위해 일본의 전문 문인들로부터 조언을 얻고자 한 것이다. 수록된 답변을 보내준 사람들은 요사노 간与謝野寬, 와카야마 보쿠스이若山牧水를 비롯한 '내지' 일본의 유명 가인들과 미술가, 조원가 등 일본의 문화인 38명이다. '지방 가단'으로서의 조선 가단의 역할과 위치, 자리매김의 필요성과 당위적 성격을 인식하고자 한 시도였음을 알 수 있으며, 그들의 답변에서 '내지' 일본 문단의 폐해에 대한 지적과 그를 답습하지 말 것, 조선 특유의 고가요와 민요를 연구할 것, 조선의 로컬컬러를 잘 구현할 것 등등 『진인』에 다양한 요청을 하고 있음을 알 수 있다.

---

1) 두세 번째 기획인 「조선 민요의 연구」와 「조선의 자연」은 이 책과 같은 시기에 완역하여 출간하므로, 상세 내용은 『조선 민요의 연구』(이치야마 모리오 편, 엄인경·이윤지 공역, 역락, 2016)과 『조선의 자연과 민요』(이치야마 모리오 편, 엄인경 역, 역락, 2016) 및 그 해설을 참조하기 바란다.

(2) 「조선 문단 조감鳥瞰」 1927년 1월

『진인』이 창립 5주년을 맞는 1927년 1월의 신년 특집호에는 또한 가지 중요한 기사인 「조선 문단 조감」이 수록되어 있다. 조선 문단이 형성된 지 이십 년이 채 되지 않는다고 한 것으로 보아 재조일본인 문인들은 조선의 신문학 문단은 1910년을 전후하여 성립된 것이라 판단하고 있었다. 1919년 3월 1일에 있었던 조선인의 독립운동을 당시 일반적으로 칭하던 소요나 분규가 아니라 '3·1 운동'과 '독립운동'이라고 명명한 점도 주목해야 할 부분일 뿐더러, 「조선 문단 조감」에서 보여주는 통계에 주목할 필요가 있겠다.

1910년 전후로부터 1927년 당시까지의 조선인에 의한 문예잡지 열 종을 거론하고 있고, 소설을 연애물 백 편 정도에 역사물, 가정물, 기타를 포함하여 백오십 편 남짓으로 헤아리고 있어 '조선 문단=신문학인 소설의 문단'이라 인식하고 있는 것을 보여준다. 그리고 최남선과 이광수를 문단의 두 선각자로서 특별 취급을 하고 일류의 문단 사람으로 소설에서 염상섭, 현진건, 김동인 등을 비롯한 열 명, 시단에서 김억, 주요한, 김소월을 비롯한 열 명을 거명하여 비평하고 있다. 일본인이 쓴 이 글에서, 우리에게는 「님의 침묵」이라는 시로 잘 알려진 항일운동가이자 승려인 한용운이 특별히 높은 평가를 받고 있는 점도 흥미로운 측면이다.

어쨌든 「조선 문단 조감」은 1920년대 재조일본인 문단이 조선인의 조선어 문단을 한반도에 존재하는 또 다른 하나의 문단으로써 실시간 인지하고 있었다는 것을 보여주는 매우 중요한 자료라 하겠다.

(3) 「흙의 민요에 관하여」 1928년 3월

『진인』은 조선의 민요와 향토 담론에 관한 논쟁의 장으로 비화되기도 했다. 1920년대 후반에 일본 민요계의 대부 격인 노구치 우조野口雨情와 미술평론가이자 조선 철도학교 교수였던 난바 센타로難波專太郎 사이에 오간 민요와 향토를 둘러싼 갑론을박이 바로 그것이다. 민요 창작의 일선에 있던 노구치의 느슨한 민요와 향토 개념에 대해 난바가 1927년 1월 『진인』의 특집호에서 「조선 민요의 특질朝鮮民謠の特質」이라는 글을 통해 신랄하게 비판을 가하였다. 이 특집호는 같은 해에 증보 개정되어 도쿄에서도 단행본으로 출판되었으며, 일본에서도 상당히 유통되고 반향을 얻었기에 노구치로서는 변해辯解라도 해야 할 입장이었다.

「흙의 민요에 관하여」는 노구치가 자기 변명적 의견을 서간문의 형태로 이치야마 모리오에게 보낸 것을 이치야마가 일부 발췌하여 『진인』에 게재한 것이다. 난바의 의견을 학자로서의 견해로 인정하면서도 노구치 자신이 견지한 향토 개념이 그와는 다르다는 것을 설파하고 있다. 그러나 논리성이 부족한 노구치의 설명은 다시 1928년 간행된 『조선풍토기朝鮮風土記』[2]라는 난바의 개인 저작에서

---

[2] 난바의 이 저작 역시 이 책과 같은 시기에 번역 출간하므로, 상세 내용은 『조선풍토기』(난바 센타로, 이선윤 역, 역락, 2016)를 참조하기 바란다.

거센 비판을 마주하게 된다.

『진인』은 이처럼 민요와 향토라는 '민족'을 대전제로 할 수밖에 없는 당시의 민감한 문학상의 개념이 일본과 조선의 문학자들 사이에 논박되며 전개되는 비평의 장으로 기능하기도 한 것이다.

(4) 「조선의 노래」 1929년 1월, 1929년 12월, 1937년 2월

이치야마 모리오와 더불어 조선의 단카, 조선의 노래, 조선의 민요 등에 깊이 관심을 가지고 글을 쓴 가인에 미치히사 료道久良가 있다. 이치야마가 일본으로 돌아간 이후 1930년대부터 우리가 흔히 일제 말기라 일컫는 1940년대까지 조선의 단카계를 대표하는 임원으로 이름을 계속 올린 문인이기도 하다. 20대 젊은 나이 때부터 『진인』에서 가인으로서 성장한 미치히사는 누구보다도 '조선의 단카'를 강력하게, 그리고 오랫동안 인식한 인물이었다 할 수 있다.

미치히사가 약 10년 동안 세 번에 걸쳐 『진인』 안에서 조선의 단카로서 지향한 「조선의 노래」는 다음과 같은 것으로 질문되고 정의된다.

조선의 노래는 우리의 말(일본말)에 의해 정말로 노래될 수 있을까? 좀 더 추궁해서 말하자면 내가 여기에서 말하는 조선의 노래란 실제로 존재할 수 있을까? (…중략…) 내가 조선의 노래를 부를 수 있다고 한다면 그것은 조선의 흙을 사랑하고 조선 사람들을 사랑해서이다. 거기에서만 조선의 노래가 태어날 하나의 가능성이 있는 것이다.

　내가 여기에서 말하는 조선의 노래란, 지역적으로 특수한 조선의 자연과 인간을 다룬 새로운 단카의 분야를 가리키는 것이다. 그저 지나쳐 가는 이른바 여행자가 본 조선의 노래가 아니라, 특수한 조선의 자연과 인간을 대상으로 하여 태어나는 것이 아니면 도저히 안 되는, 조선에 어울리는 단카를 가리키는 것이다.

여행자가 피상적으로 경험하는 조선이 아니라 조선에 뼈를 묻을 각오로 살고 조선의 흙과 사람을 진정 사랑하는 사람에게서 나올 수 있는 특수한 조선의 단카를 지향하고 있다는 것을 알 수 있다. 그러나 미치히사는 중일전쟁 발발 이후 태평양전쟁에 이르기까지 긴 전쟁기로 접어들기 직전인 1937년 초 시점에서 그 십 년간의 '조선의 노래는 작품을 통해서는 거의 발전하지 못했다는 실망스러운 결과'라 평가한다. 진정한 조선의 단카에 대한 희망을 완전히 버린 것은 아니지만 그 요원함이 잘 드러나 있는 데에서, 『진인』이 약 20년 동안 노력했던 조선 특유의 단카 수립이 어떠한 한계와 제한을 드러냈는지 추찰할 수 있다.

(5) 「조선 가요의 전개」 1～9 1930년 1월～1931년 4월

　이치야마가 「조선 가요의 전개」라는 기획 기사를 1930년 벽두부터 연재한 직접적 이유는 『조선 가요사朝鮮歌謠史』와 『일・선 대조 가요사략 연표日鮮對照歌謠史略年表』를 발표할 생각이었기 때문이라고 했다. 그러나 현재 이러한 문헌은 발견되지 않고 이 연재도 신라 향가의 소개에서 그치고 있으므로 실현되지 못했을 것으로 추측된다. 다만 이치야마가 조선 가요의 전개 상태를 왜 서술하고 싶었는지 그 배경을 이해하는 데에 다음 기사가 도움이 될 것이다.

> 노구치 우조, 최남선, 하마구치 료코, 이치야마 모리오 제씨들의 기획에 의해 '조선민요집 간행회'가 경성 아사히초(旭町)에서 탄생했습니다. 일찍이 이루어져야 했는데 방임된 사업인 까닭에 사업 완성을 위해서는 상당한 노력을 요할 것으로 보고 있습니다.[3]

이것은 『진인』 제6권제3호(1928년 3월호)의 편집후기에 해당하는 「니시스가모西巢鴨에서」 난欄에 기록된 내용으로, 지금까지 알려지지 않은 '조선민요집 간행회'라는 단체가 '내지' 일본의 민요 작가, 재조일본인 문학자와 가인, 조선 문학자를 중심인물로 하여 성립했음을 밝히고 있다. 1928년 초 시점에 일본 민요계의 태두 노구치 우조, 조선인 문인의 대표 최남선, 동요나 동화 등 조선 아동문학계의 일인자 하마구치 요시미쓰浜口良光와 더불어 『진인』의 이치야마 모리오가 그 동안 방임되었던 사업으로 인식하고 '조선 민요집'을 기획한 것을 알 수 있다. 이 간행회가 실제 어떠한 활동을 했는지를 더 상세히 알려주는 자료가 아직 없고, 『조선민요집』이라는

---

3) 細井魚袋(1928), 「西巢鴨より」, 『眞人』, 第六卷第三号, 眞人社, p.67.

제명의 단행본은 김소운에 의해 처음 나온 것으로 보는 것이 학계의 일반론이므로 이치야마를 비롯한 네 명에 의한 간행회의 『조선민요집』 출간은 무산되었을 가능성이 높다. 가장 영향력 있는 한국 구비문학에 관한 개론서 중 하나라 할 수 있는 『구비문학개설』에서도 '민요를 전면적으로 수집해서 정확히 기술하자는 노력은 1930년대부터 시작'되었다고 보고 그 수집의 결과로서 중요한 단행본의 처음으로 김소운의 『朝鮮口傳民謠集』(東京 第一書房, 1933)을 들고 '최초의 본격적인 민요집'으로 설명하고 있다.4)

　다만 이 간행회의 설립은 조선 민요라는 키워드로 모인 네 사람의 대표성과 1920년대 후반 『진인』의 조선 민요나 가요와 같은 시가에 관한 관심과 그 정리 및 수집에 대한 사명감을 확인할 수 있는 중요한 기사라 할 것이다. 더불어 '조선민요집 간행회'의 활동이 여의치 않았음에도 조선 민요와 자연 특집호와 여러 관련 기획을 주도하였던 이치야마 모리오의 조선의 가요에 대한 다음 두 연구 작업에 주목해야 한다.

　우선 첫째가 1928년에 나온 것으로 보이는 그의 편저 『균여전均如傳』이다. 다음 그림에서 보이는 전면 광고에 「조선가요연구자료 제1편」이라 되어 있고 '이 귀중한 문헌을 이대로 방임해 두는 것은 실로 유감'이라 일역日譯하여 간행한다는 경위가 기록되어 있다.

　그리고 두 번째가 바로 이 연재, 즉 「조선 가요의 전개」라는 시

---

4) 장덕순·조동일 외(2006), 『구비문학개설』, 일조각, pp.117-118.

리즈이다. 조선 고문헌의 산일 현황을 안타까워하는 '조선 고대 문화 연구자'인 재조일본인 가인 이치야마의 1920년대 후반부터 1930년대 초에 이르는 조선 가요 수집과 연구 활동을 알 수 있다.

요컨대 1920년대 중후반이라는 시기는 조선의 가요, 민요, 문예에 관한 수집과 일역 소개의 움직임이 한반도 내에서뿐만 아니라 일본에서도 향토 담론의 부상을 배경으로 상당히 활발했다고 할 수 있다. 이 시기 조선의 가요나 시가가 활발히 채록, 수집되고 일본어로 번역, 연구되었던 이유는 일본에서의 조선 고문학 소개, 한반도 가단의 동향과 조선인 문단의 동태라는 여러 측면이 복합적으로 고려되어야 한다.

「조선 가요의 전개」가 이후의 고려가요, 조선 시대의 여러 시가 장르를 포함하는 해설서가 되었다면 필시 대저작이 되었겠지만, 이치야마의 시도는 신라의 향가 해설에서 멈추었다. 물론 아홉 편의 연재 안에서도 최남선의 단군에 관한 논설, 경성제국대학의 오구라 신페이小倉進平 교수의 향가 해독 등 다양한 학설과 주장 등을 소개하고 있어, 일제강점기 신라 향가까지의 조선 고대의 가요를 둘러

『진인』 제6권제11호 내의 『균여전均如傳』 전면광고

싼 선학의 성과를 어떻게 수용하고 있는지 고찰할 수 있는 유용한
연재물이라 하겠다.

(6) 「조선 여행을 마치며」 1934년 5월

「조선 여행을 마치며」는 1934년 5월에 『진인』에 게재된 나카노
마사유키中野正幸의 글이다. 『진인』 문인들이 조선에서 어떠한 활동
양상을 펼치고 있었는지를 알 수 있는 자료라고 할 수 있다.

이 글은 도쿄를 출발해서 부산, 경성, 인천, 대전에 재주 중인 일
본인 단카 모임을 순차적으로 방문해서 각 지역의 단카 모임의 시간
과 장소, 진행상황, 모임의 분위기, 참가 인원과 이름, 인물 표현 등
을 구체적으로 묘사하고 있다. 단카의 모임은 서로의 노래에 점수를
매기고 평가를 하는 일종의 경합의 형식을 취하고 있음을 짐작할 수
있다. 아울러 모인 사람들의 직업, 성격, 외모, 연령대 등 『진인』에
수록 된 단카만으로는 알 수 없는 사실들을 어느 정도 파악이 되어,
그들의 노래를 이해하고 음미하는 데 입체적 도움을 준다.

또한 이 글은 단순 기록 형식의 문형으로는 알 수 없는 당시 조
선의 거리 풍경, 조선인에 대한 필자의 솔직한 느낌을 있는 그대로
생동감 넘치게 그려내고 있어, 일제강점기의 한국문학을 연구하는
연구자들뿐만 아니라 이를 처음 접해 본 독자들에게도 어렵지 않
게 재조일본인 가인들의 단카 창작 활동과 기행紀行에 대해 알 수
있게 해 준다. 참고로 일본의 유명 가인들이 조선 각지를 마치 순
례라도 하듯 여행하며 그 감회를 단카로 기록한 기행 형식의 가집

歌集은 하나의 장르를 이룰 만큼 상당수 존재한다. 여행자 시선을 단카로 술회한 일본인의 조선 표상을 이해하는 일군의 자료로서 분석할 필요가 있을 것이다.

(7) 「조선지방색어해주朝鮮地方色語解註」 1935년 1월

이치야마는 『진인』 제9권 제1호(1931년 1월호)에 「단카短歌 조선지방 색어해주朝鮮地方色語解註 일一」을 기고하였다. 그 머릿글에서 곧 간행할 저서의 부록으로 쓸 초고이며 '내지'에서 조선의 노래를 감상할 때 참고를 하라는 목적에서 발표하는 것이라고 밝히고 있다. '아あ', '이い', '우う'로 시작하는 조선어를 소개한 이 연재는 『진인』 지상에서는 1회 수록에 그치고 있다. 아마도 이치야마가 계획한 저서 『조선풍토가집朝鮮風土歌集』이 엄청난 망라 작업을 필요로 하는 선집 작업인 까닭에 간행이 생각보다 늦어진 이유도 작용했을 것으로 보인다. 어쨌든 이 책에서 실은 「조선지방색어해주朝鮮地方色語解註」는 잡지 『진인』의 연재로 시작하였지만 결국 1935년 간행된 『조선풍토가집』의 부록에 온전히 실리게 된 것을 번역 대상으로 한 것이다.

「조선지방색어해주」는 단카를 감상하는 데 있어 도움을 주고자 하는 일종의 사전과 같은 성격을 지니고 있다. 그런데 여기서 말하는 '조선지방색'이란 조선이 지니는 고유의 색채를 일컫는데, 조선색이 드러난 단카를 짓는 것이 『진인』의 가인들이 지향하는 '조선의 노래'인 것이다. 따라서 「조선지방색어해주」는 조선의 고유의 색채를 드러내고 있는 용어에 대한 해석서라고 해도 무관할 것이다.

구성은 초고인 연재 때와 동일하게 '아이우에오ぁぃぅぇぉ'의 히라가나 순으로 정렬되어 있으며, 주된 내용은 조선의 자연풍경 및 건축물들 그에 따른 기본적인 역사적 배경설명, 일상생활에서 흔히 볼 수 있는 조선인들의 생활상 및 생활용품 등 너무나도 익숙해서 무심코 지나쳐버리는 우리 고유의 유산들을 세세히 설명하고 있다.

이치야마는 가집의 범례에서 「조선지방색어해주」의 집필 의도를 '조잡하지만 가집을 감상하는 이들의 편의를 위해 부록으로 했다' 라고 설명하고 있다. 그가 스스로 '조잡하다'고 표현하듯이 「조선지방색어해주」에는 오탈자, 한자, 연대 혹은 이름의 오기 등이 적지 않게 보여 사전의 기능으로는 부정확한 면이 있다. 그러나 이는 조선을 사랑하는 일본인을 위한 사적私的(공공기관에서 발간된 것이 아닌)인 자료라는 성격에서 기인한 것이라고 생각되며, 집필자의 숨결을 그대로 느낄 수 있고 당시의 조선어 표기의 현실감마저 느껴진다. 「조선지방색어해주」는 당시 통용되는 조선어를 들리는 소리 그대로 가타카나片仮名로 표기를 하고 난해한 용어는 한자를 병기하고 있어, 당시 일본인이 조선어를 어느 정도까지 인식하고 어떤 식으로 발음을 했는지 알 수 있는 유용한 자료이다. 그러나 일부 명칭은 그 진상을 알 수 가 없어 앞으로 연구해야 할 여지가 남아 있다.

또한 「조선지방색어해주」는 재조일본인의 관점에서 바라 본 조선인의 정서와 실상을 담아냈지만, 단순 사실에 근거한 기술이 아닌 집필자의 조선풍물에 대한 주관적인 감상과 생각이 표출되어 있다. 재조일본인이 조선을 어떻게 바라보고 있었으며 무엇에 관심을 가지고 있었는지를 알 수가 있다. 따라서 당시의 시대상과 그 모습을 바라본 일본인의 생각을 엿볼 수 있다는 점에서 귀중한 자료라 하겠다. 또한 우리의 문화와 풍습을 당연시 받아들였던 우리에게 있어 그 고유성을 재조명해준다는 점에서 의미가 있다.

(8) 「『조선풍토가집』 잡감雜感」 1935년 4월

『조선풍토가집』은 이치야마 모리오가 1935년에 진인사 창립 12주년 기념 출판물로 간행한 가집이다. 이 가집은 당시 조선에 거주하거나 과거에 거주하였던 가인歌人, 여행자, 조선과 관계가 있는 가인들의 작품 중 '조선풍물을 읊고 조선색朝鮮色이 잘 드러난' 작품을 조사, 채록한 것이다.5) 『조선풍토가집』이 진인사 문단의 가인들에게 있어서 어떤 의미가 있는지, 어떤 성과인지는 1935년 4월에 『진인』에 게재된 하야시 마사노스케林政之助의 「『조선풍토가집』 잡감雜感」에서 어느 정도 짐작할 수가 있다. 그는 이 글에 『조선풍토가집』에 대해 설명을 하고 이와 더불어 가장 인상에 남은 단카 몇 수를 옮겨 적고 있다. 『조선풍토가집』이 출판되고 얼마 되지 않아 집필한 터라 그 감개가 그의 글에 고스란히 드러나고 있다.

『조선풍토가집』은 종류별로 풍토風土편, 식물植物편, 동물動物편 각도별各道別편, 잡雜편으로 되어 있으며 각 편에는 다시 소제목으로 분류된다. 또, 부록으로 「조선지방색어해주」와 「집록가인명부集

---

5) 정병호・엄인경(2013), 「『조선풍토가집』 해제」, 『韓半島 刊行 日本 傳統詩歌集 資料集 歌集篇④』, 고려대일본연구센터 자료총서03, 이회. pp.353~356.

錄歌人名簿」가 수록되어 있어, 가집 한 권이 마치 조선의 명소名所, 고적古跡, 풍속風俗의 안내서와 같은 성격마저 지니고 있다. 『조선풍토가집』에는 메이지明治, 다이쇼大正, 쇼와昭和의 3대를 아우르는 칠천 여 수首의 단카, 가인은 대략 팔백 명으로 그 방대함과 호화로운 진용을 자랑하고 있다. 하야시는 글에서 '이 한 권의 가집을 읽어 내려가다 보면, 나의 눈과 마음으로 아직 보지 못한 낯선 고장인 조선의 풍물이, 식물이, 동물이, 그리고 신기한 조선의 풍속, 생활이 파노라마처럼 떠오르는 것 같다'고 서술하고 있다. '내지'의 일본인들은 이 가집에 채록된 단카를 통해, 조선의 생동감 넘치는 생활상과 생생한 풍경을 느꼈을 것이다.

또한 하야시는 「조선지방색어해주」를 가집을 감상하는 데 있어서, 조선 연구자들에게 고마운 문헌이라고 한다. 알기 쉽고 재미있게, 그리고 극명하게 조선의 기습奇習, 풍속, 풍물, 행사 등을 해석하고 있어 읽는 사람으로 하여금 자연스레 즐거움을 준다고 기술하고 있다. 실제로 「조선지방색어해주」에는 갈비를 뜯는 장면, 요강을 머리에 이고 가는 아낙네의 모습을 설명하는 등이 묘사되어 있어, 일본인뿐만이 아니라 현 시대를 살고 있는 우리들에게도 현재와 당시의 모습을 대비할 수 있게끔 한다.

이처럼 하야시의 글은 방대함을 자랑하는 『조선풍토가집』의 개괄 감상문적 성격을 지니며, 그가 발췌한 단카를 통해 진인사 가단이 추구한 조선의 노래가 어떠한 것인지를 엿볼 수 있다.

한반도의 단카短歌 잡지
『진인眞人』의 조선 문학 조감

초판 인쇄 2016년 3월 14일
초판 발행 2016년 3월 24일

편역자 엄인경·신정아
펴낸이 이대현
편 집 권분옥
펴낸곳 도서출판 역락
주 소 서울시 서초구 동광로 46길 6-6 문창빌딩 2층
전 화 02-3409-2060(편집부), 2058(영업부)
팩 스 02-3409-2059
등 록 1999년 4월 19일 제303-2002-000014호
이메일 youkrack@hanmail.net

정 가 16,000원
ISBN 979-11-5686-309-0 93830

이 도서의 국립중앙도서관 출판예정도서목록(CIP)은 서지정보유통지원시스템 홈페이지(http://seoji.nl.go.kr)와 국가자료공동목록시스템(http://www.nl.go.kr/kolisnet)에서 이용하실 수 있습니다.(CIP제어번호: CIP2016006874)

助成 日本万国博覧会記念基金
Supported by the Japan World Exposition 1970 Commemorative Fund.
公益財団法人 関西・大阪21世紀協会

본서는 정부(교육과학기술부)의 재원으로 한국연구재단의 지원을 받아 수행된 연구(NRF-2007-362-A00019)임.